これは
あくまで、
ままごと
だから
illust. 千種みのり
JN034607

「んじゃ蒼一朗、
パン買いにいこーぜ」
顔はいいけど、
ガサツな女子。
そんな彼女が〝ままごと〟の中でだけ
見せる表情は——。

「そーくんは、あたしの彼氏。でしょ？」

「じゃあ……
ほんとに、するよ？
ほんとに、
いいんだよね？」
——やめておけ。
今キスまでしてしまったら、
きっとなにかが変わるぞ。
頭の片隅に残る理性が、
そんな警鐘を鳴らし続けていたけれど。

あかいしんご
赤井真吾
Akai
Shingo
ひめばしょうみく
姫芭蕉深紅
Himebasyou
Miku

まくらぎそういちろう
枕木蒼一朗
Makuragi
Souichirou
くにえだきすみ
国枝黄純
Kunieda
Kisumi

CONTENTS.

This is
just a play house

これはあくまで、ままごとだから。

真代屋秀晃
illust. 千種みのり

「好きです！　僕と付き合ってください！」

教室のど真ん中で告白されている女子をよそに、俺たちは恋バナで盛り上がっていた。

「そんなわけで俺、今日は彼女の手作り弁当なんだ」

友達の吉川が、ピンクの可愛らしい弁当箱を机にでんと置く。

こいつは最近、人生初の彼女ができたばかり。もう毎日が幸せでいっぱいらしい。

「いいなー、愛妻弁当。もうそのまま結婚しちゃえよ、吉川」

「え、そのつもりだけど？　彼女とは毎日挙式プランの話で盛り上がってるし？」

俺たちが和気藹々と談笑している最中も、向こうの甘酸っぱい（？）告白シーンは続く。

「えっと。付き合ってもなにも、あたし、あなたの名前も知らないんだけど」

「あ、自己紹介まだだったよね⁉　僕は一年一組でハンドボール部の……」

「いや～、彼女の手作り弁当を学校で食うってシチュエーション、憧れだったんだよなあ」

吉川が満面の笑みで、愛くるしいタコさんウィンナーに箸をつける。

隣で焼きそばパンを食っていた加藤が、話に割り込んできた。

「忠告しといてやるけどな。彼女なんて二、三ヶ月もすりゃ、面倒にしかならんぞ」

「面倒って、たとえば？」

と、俺が聞くと、加藤は茶色い坊主頭をジョリジョリ掻いて、

「たとえば友達と映画に行ってきた話をしただけで、『なんで私と行かないの？　しかも事後報告っておかしくない？』って責められる。休みの日にゲームやってることをＳＮＳでつぶやこうもんなら、『ゲームやる時間はあるのに、私と遊ぶ時間はないんだ？』なんて嫌味のＤＭが飛んでくる。しかもそれネタじゃなくて、ガチで機嫌悪くしてんの。超面倒じゃん」

「それって加藤の実体験？」

「いや兄貴の体験談」

「だったら自分のエピソードみたいに語んな。大泥棒か」

「とにかく俺は、恋愛に疲れ果てた兄貴を見て学んだわけよ。彼女なんていたら、自由な時間は絶対に減る。俺は誰に気兼ねすることもなく、友達と遊んだりゲームしたりしたいわけよ」

鼻で笑った吉川が、彼女お手製の弁当をほくほく顔で食い始める。

「じゃあ加藤は彼女いらねーんだな？　まあ別にいいんじゃね？　あー、今日の弁当うま。俺の彼女、マジ料理上手。この唐揚げとかもう神すぎ。店出せるレベル」

嫌味をかまされた加藤は、「彼女はガチで面倒だけど」と前置きして、

「ただな。なんか無性に『あー、今この瞬間だけ、彼女ほしーっ！』って思うときはあるんだよ。男ばっかで夏祭りに行ったときとか、クリスマスに一人で街歩いてるときとか」

「ほらみろ。やっぱ加藤も彼女欲しいんじゃん」

「だ・か・ら。俺が欲しいのは、イチャイチャしたい気分のときだけ傍にいてくれる、都合のいい彼女なの。望んだときだけ恋人になってくれる、便利な彼女なの」

「そんな都合のいい女がいてたまるか。なあ枕木？」

吉川に話を振られた俺は、ため息まじりで頷いて、

「ほんとだよ。だいたい都合のいい彼女なんて、相手に失礼だろ。もう全人類に謝れ」

「や、でもよ。男なんて本音はみんな、俺と同じ意見だと思うけど――」

加藤の言葉は、第三者のこんな大声でかき消された。


「だからその、よかったら僕と付き合ってくださいッッ！」

「ごめーん。気持ちは嬉しいんだけど、あたしそーゆーの無理なんだ。友達で許して？」

「うぇっ⁉　やっぱ彼氏がいるって噂、ほんとだったり⁉　ガセじゃなくて⁉」

ちょうど向こうの告白タイムに、終止符が打たれたっぽい。

見事に砕け散ったその見知らぬ男は、がっくりとうなだれて教室を出ていく。

「まあ、枕木が共感してくれるわけねーか」

加藤が苦笑いを浮かべる。吉川も「うんうん」と頷いて便乗。

見知らぬ男を鮮やかにKOした女子が、こっちにやってくる。

背中まで流れるさらさらストレートの艶やかな黒髪。小さな丸顔は滑らか美白。気の強そうな釣り上がった瞳と、加工不要のナチュラル二重まぶた。

そんな女の子に、加藤がからかうような目を向けた。

「おい紅姫。まだ四月も終わってねーのに、今の奴、何人目の犠牲者だよ」

「黙れ。アッパーすんぞ」

姫芭蕉深紅。通称「紅姫」。

そのあだ名にふさわしく、大変見目麗しい姫君なんだけど――。

「てかさー。まじであたしみたいな女のどこがいいんだろ？　あ、吉川。それって例の彼女の手作り弁当？　唐揚げ一個くれ」

「いやそれ、最後の一個……あ」

吉川の許可を得る前に、素手で摘んだ唐揚げをひょいっと自分の口に放り込む。

紅姫様はこんな感じで、少々ガサツだったりする。

「うん、うまい。吉川はいい彼女をもったね。んじゃ蒼一朗、パン買いにいこーぜ」

俺の腕を摑んで、強引に椅子から立ち上がらせる紅姫様こと、姫芭蕉深紅。

加藤が意地悪な笑みで俺を見た。

「枕木には都合のいい彼女なんていらねーわな？　紅姫様に選ばれた真面目な彼氏くんだし」

「なはは〜。彼氏だって。やったな、蒼一朗？」

「否定しろよ。俺たちは付き合ってないから。ただの親戚だから」

いくら言っても明らかに信じてない加藤たちを背に、俺と深紅は教室を後にする。


購買部でパンを買ったあと、俺と深紅は屋上前の踊り場にやってきた。

ちょっと埃っぽいけど、ひと気のないこの場所は秘密基地みたいでお気に入り。俺たちはそこの階段で毎日一緒に昼メシを食っている。

「で、さっきはなんで助けてくれんかった？　あたし見知らぬ男子に告られて困ってたぞ？」

「まあ困ってるだろうなとは思ってたけど、告白の邪魔をするのはさすがに」

「おい。貴様はそれでもあたしの彼氏か、このハナクソ野郎」

「だから彼氏じゃねーだろ。さらっときつい悪口入れんな」

「そーくん」

深紅が唐突に、俺を昔のあだ名で呼んだ。

「そーくんは、あたしの彼氏。でしょ？」

それは明確な合図。

だから俺も『スイッチ』を入れて、こう返す。

「……そうだった。くっ、俺は彼氏なのに。ごめんな、みーちゃん」

「謝るだけじゃだめ」

食べかけのジャムパンを横に置いた深紅が、遠慮なく俺の膝の上に跨ってきた。

正面で向き合う姿勢。吐息のかかる距離から濡れた瞳で見つめてくる。

「優しく抱きしめて、よしよしってして？」

口を尖らせた深紅のリクエストに応じて、俺はその『愛しの彼女』をぎゅっと抱きしめた。

「よしよし。みーちゃんはかわいいな。世界一、いや異世界も含めて一番かわいいよ」

「にゃはん♪」

そこにいるのは普段のガサツな深紅ではなく、愛する男に甘える可憐な少女。

深紅は自分の頰を俺の頰にくっつけて、すりすりしながら拗ねた口調で言う。

「あたしもひどいこと言ってごめんね……？　あたし、そーくんのこと、ハナクソ野郎だなんて思ってないから……」

「それは当たり前であってほしい」

「だってだって。そこまで言わないと、そーくん抱きしめてくれないんだもん……本当はね、こんなわがままな女、そーくんに捨てられないか心配なの……」

「捨てる？　俺が？　はは、なに言ってんだ。みーちゃんは最愛の彼女なのに。たとえ地球が対消滅で粉々になっても、俺の愛だけは決して砕けない」

ああ、すげえ寒い。

馬鹿馬鹿しいったらない。

だってこれ、全部嘘なんだから。

俺たちはただ「ままごと遊び」をやってるだけ。

世界で一番相手が好き、というトロトロで激甘な恋人設定で遊んでるだけ。

こんなのもう絶対ド変態じゃん。

でも楽しいんだから仕方ない。

馬鹿馬鹿しい遊びほど、真剣にやると楽しいんだよ。

「そーくん……スキ。あなただけが、本当にスキ」

「俺もスキだよ、みーちゃん。心の底から大スキだ」

それは本物の恋人同士が囁き合う「好き」では決してなくて。
あくまでごっこ遊びである以上、俺たちにとっては、ただの二文字の音でしかないわけ。

この物語は。
彼氏役の俺——枕木蒼一朗と、
彼女役のこいつ——姫芭蕉深紅でお送りする、歪んだメルヘンの物語。
チョコレートみたいにとっても濃くて甘々で。
大変にいかがわしくて、絶対に滑稽な、愛情たっぷりのスーパー喜劇。
とどのつまりは。

純然たる「ラブ・コメディ」なのである。

第一話

ままごとの彼女

This is just a play house

俺と姫芭蕉深紅は本当の恋人じゃない。

でもただのクラスメイトでもなくて、一応親戚だったりする。

確か深紅は、俺の祖父さんの一番下の妹の娘の娘……とかだったかな。まあ系譜はどうでもいいんだ。とにかく俺たちは遠縁の親戚で、血の繋がりはかなり薄い。

うちの祖父さんは年に何度か、親戚一族をみんな集めて、田舎の屋敷で大宴会するのが好きな人だった。昼から始まる大人たちの酒宴にいても退屈なんで、ガキの頃の俺はいつも同い年の深紅と二人で抜け出して、よく二人だけで遊んでいた。

小さい頃の俺たちの遊びは、ほとんどが「ままごと」だった。

ままごと遊びといえば、家族ごっこが定番だと思う。

でも俺たちがやっていたのは、「同棲中の恋人ごっこ」というかなり絞った設定だった。

――そーくん、そーくんっ！　今年のクリスマスデートはどこに行く⁉

——ジャングルジムでいいんじゃない。

——ちがうっ！　あたしたちは同棲中のラブラブカップル！　レストランでかんぱいとかするの！　はい、もうレストランにつきました！　なに注文する、そーくん？

まあどんな設定にしろ、深紅と二人でやるままごとは本当に楽しかった。

それから時は流れ——……。

今年の四月頭、俺は深紅が住んでいるこの真波浜町に引っ越してきた。

同時に深紅と同じ高校に入学して。

つい先日、またこんな話になったんだ。

「ねえ蒼一朗。久々に恋人ごっこ、してみたくならん？」

「お、懐かしいな。やろうやろう」

平然と。まるでそれが当たり前かのように。

◇

放課後。

家に帰る前に、俺は体育館の先にある演劇部の部室に立ち寄った。

プレハブ造りの部室棟の前では、体操着姿の演劇部員が一人で腹筋をしている。

そいつは俺の姿を見るなり、にっこり笑った。

「おやおや。誰かと思えば、クラス委員長の枕木蒼一朗さんじゃないですか」

「はい。このトシで真面目にままごとをやってる委員長の枕木です。こんにちは姫芭蕉さん」

姫芭蕉深紅。演劇部所属。

こいつは毎日、誰よりも早く部室にきて、いつも一人で自主練をやっている。

「てか聞いてよ。さっきサッカー部の男子に絡まれた。今度の日曜デートして〜って」

「おお、するのかデート？」

「や、するわけないから。その男子の名前も知らんし。だからお断りしたんだけど、そしたらそいつ、どうしたと思う？　回答時間は三秒です。ちっ、ちっ、ちっ……はい時間切れ。正解は『舌打ちして帰った』でした！　あたし、誘いを断っただけで『ちっ』て睨まれた」

「まさか制限時間の音がヒントになっていたとは。やるな深紅」

「それな！」

深紅は俺にびしっと人差し指を向けたあと、その指を自分の眉間に運ぶ。

「はあ……ロクに話したこともないのにデートとか、意味わからん奴多すぎ。超うぜぇ」

姫芭蕉深紅はとにかくモテる女だった。

性格がいいとか、話していて楽しいとか、モテる要素は人それぞれにあると思う。でも深紅の場合、ほかの理由がすべて偽善に成り下がってしまうほどの、圧倒的な美貌(びぼう)の持ち主。こいつは単純に「顔がいい」っていう、原始的かつ一番説得力のある理由でモテまくっている。

まだ四月下旬。俺たちはこの高校に入学して一ヶ月も経(た)ってないのに、深紅に告白した男の数はすでに十人を超えていた。

非モテの俺にはわからん感覚だけど、深紅はもうそういうのに辟易(へきえき)しているらしい。

「あたしも吉川(よしかわ)の彼女みたく、学校にお弁当とか作ってきて『もう彼氏いますアピール』とかしていこうかな。どう思う蒼一朗？」

「その前に深紅って料理できないじゃん。目玉焼きすら作れないし」

言いながら俺は自前の水筒でお茶を飲んだ。深紅が「あたしにもくれ」と言ってきたんで、蓋(ふた)のコップに注いで渡してやる。

俺たちは今さら間接キスとかで大騒ぎするような間柄じゃない。

「ねえ、そーくん」

お茶を飲み干した深紅が、急に俺を昔のあだ名で呼んだ。

今ではそれが、ままごと開始の合図みたいになっている。

「あたし料理へたっぴだけど……そーくんのために一生懸命作ったら、食べてくれる？」

勝気な瞳を潤(うる)ませて、モジモジしながら上目遣(うわめづか)いに見つめてくる。

「え？　ああ……そうだな。俺だって、みーちゃんが作ったものならなんでも」

「ぎこちない。やり直し」

深紅の両目はもう潤んでいなかった。不貞腐れた顔がそこにあるだけだった。

「即座に切り替えられるその顔面、どうなってんだ……」


俺たちは本当の恋人じゃない。

これは甘々の恋人設定で遊んでるだけの、ままごとだ。

いい歳こいて、こんなことをやってる理由は、もちろん深紅の男避けのため——ではない。

男避けが目的の偽装カップルなら、むしろ人前でこそ堂々とイチャついてみせる。

じゃあなんで俺たちは、わざわざこんなひと気のない場所で、恋人ごっこをやってるのか。

理由はとてもシンプル。


「そーくん、そーくんっ。フリスク食べさせてあげるから、お口『あーん』して?」

「あーん……くっ、みーちゃんに食べさせてもらうと、すべてが愛の甘い味に化けちまう」

ただ楽しいから、やっている。

単純にそれだけ。

だから誰もいないところで、こっそりやる。

人前でこんなバカップルの真似事をするのは抵抗があるからな。

つまり二人とも、恥ずかしいことをやってる自覚はあるんだよ。

でもその恥ずかしさに中毒性があるっていうか。

羞恥心がトロットロの甘さと掛け算になって、もうたまらない快感というか。

それは癖になる蜜の味だからこそ、俺たちはままごと遊びが止められない。


「ほらみーちゃん、もっとお口を大きく開けて？　なーに照れてんだよ～」

「うふ。次はあたしにも食べさせて♪　あーん」


加えて俺も深紅も、昔夢中になったあの「ままごと」が、未だに忘れられないんだ。

ガキの頃、大人たちの目を盗んでこっそりやっていた、俺たちの秘密の恋人ごっこ。

あれはすごく刺激的で、ちょっと背徳的で——本当に愉しかった。

だから深紅にもう一度恋人ごっこをやろうと言われたとき、俺は二つ返事でオッケーした。

……もちろん高一にもなってままごと遊びとか、さすがにどうかとは思ったよ？　でもそんな抵抗感より、やっぱり楽しそうって気持ちが遥かに勝っていたんだ。

ほら、大人だって子どものときみたいに、もう一度ブランコで遊びたいとか、砂遊びがしたいとかってあるんじゃないの？　そういう感覚に近いんだよ、きっと。

「おいち～。カレピに食べさせてもらうと一味違うね。そーくん、しゅき～」

「わはは、俺もしゅきだぞ。こいつぅ」

ちなみにこれは俺たちの間に、恋愛感情が一切ないからできることだ。

俺と深紅は、物心がついた頃にはもうとっくに仲良くなっていた親戚同士。

兄妹、家族、親友、幼なじみ――そのすべてが当てはまる間柄。

今さらどっちか片方が本気になるなんてことは、絶対にありえない。

恋人ごっこをしているうちに本当の恋人になりましたあ！　なんて展開はマンガだけだ。

二人ともそれがわかってるからこそ、心置きなくアホ全開の恋人ごっこが楽しめている。

「あたしのほうが絶対しゅきだもーん。宇宙で一番しゅきだも～ん♪」

「いやいや俺なんて、すべての並行宇宙も含めて――って、おい深紅」

素早く普段の呼び方に戻す。

それはままごと終了の合図。

俺たちに近づいてくる男子生徒がいたからだ。

「やあ、姫芭蕉さん。今日も早いね」

赤井真吾先輩だった。演劇部部長の三年生。生まれつきの茶髪に、いい感じの天然パーマというナチュラルおしゃれな人。物静かで線も細く、モテ度が高そうな先輩だ。

「あ、先輩、おはようございまーす」

さっきまで「しゅき〜」とか甘えていた深紅も、人前では当然、普段どおりに振る舞う。

ちなみに演劇部や芸能界では、四六時中「おはよう」の挨拶が使われる。

「うん、おはよう。今日は枕木くんも、うちの練習に付き合ってくれる感じかな？」

赤井先輩が俺に穏やかな笑顔を向けた。

俺も深紅つながりで、何人かの演劇部員とは親しくさせてもらっている。

「いえ、俺はちょっと寄っただけです。もう帰りますんで」

「えー、蒼一朗、もう帰っちゃうの〜？　部のランニングくらい付き合っていけよ〜」

「やだよ。俺、運動苦手だし。今日はジャージもないし」

「あたしのジャージでよければ貸すぞ？　この短パンのほかに、ズボンもあるから」

「さすがに穿けねーっての。いくら深紅の足が長くても」

てゆーか一応女子のくせに、自分のジャージを男に貸そうとするな。

ままごとの最中とは全然違って、普段の深紅は性別を一切感じさせない。

ここ真波浜町は、海面に突き出した岬の両サイドに広がる、静かな田舎町だ。

一人で帰路についた俺は、浜沿いの海岸通りを途中で右に折れて、勾配のきつい林道を登っていく。

緑で囲まれたその小高い山の頂上に、俺が今年の四月から暮らしている家があった。

木造二階建て。南国風のオシャレなロッジ。オープンテラス付き。

「はあ、はあ。ただいま～……」

息も切れ切れに、マホガニー材の玄関ドアを開けて中に入る。

リビングで大きな一眼レフをいじっていた同居人が、笑顔で出迎えてくれた。

「おかえり——って、なんだ蒼一朗。まだ山道には慣れねーのか？」

枕木彩人。

三十代半ばの写真家。ガタイのいい金髪ツーブロックのお兄さんだ。

「うちはなんで……こんな山の頂上に、あるんだ……」

「ふむ。そんなお前に山道をラクに登れる秘訣を教えてやる。この山を巨大な『おっぱい』だと思え。男は険しいおっぱいほど、その頂点を目指したくなる生き物で」

「さすがアヤ兄だな。今すぐドロップキックできる元気が出てきたわ」

俺はアヤ兄って呼んでるけど、本当の兄貴ってわけじゃない。

この人は深紅よりも近い親等にあたる俺の親戚で、ここもアヤ兄の持ち家だ。

ようするに俺は、親戚の家で暮らしてるってわけ。

学校帰りにスーパーで買ってきた食材を持って、カウンターキッチンに向かう。

この家の料理や掃除は当番制。今日は俺が料理当番の日だ。

「今日はカレーにするわ。俺のカレー、実家では大好評だったんだぜ」

「え、もう作るのか？　帰ってきたばっかなんだし、ちょっとはゆっくりしろよ」

……だって早く作らないと、あいつに文句言われそうだし。

晩メシの用意ができたタイミングで、もう一人の同居人が元気よく帰ってくる。

「たっだいま～っ！　いやあ～、今日も部活がんばったぜぇ～？」

そいつはリビングに入ってくるなり、鼻をすんすん鳴らす。

「むむ？　この芳しい香りは……まさかカレー⁉　ひょっとしてあんたが作ったの⁉」

「食う前にちゃんと手洗えよ」

「や、いつも洗ってないキャラにすんなー？　あたしをなんだと思ってんだー？」

「ガサツな紅姫様」

その同居人――紅姫様こと姫芭蕉深紅は手を洗ってから、テーブルについた。

「ほれほれ、はよメシにすんべ。ごっはん、ごっはん～っ」

第二話

同居中の彼女

This is just a play house

　この家は本来、うちの祖父さんが景気のいいときに建てた観光客用のペンションだった。でも海沿いに大きなホテルができた影響をモロに受けて廃業。しばらくは祖父さんの別荘として残していたけど、まったく使わないもんだから、いよいよ手放すことになる。

　取り壊すのも金がかかるんで、祖父さんは親戚一同に「誰かアレいる?」と聞いて回っていた。ちなみに俺がガキの頃、うちの父さんにも連絡がきた。もちろん父さんは断った。何十年も放置されたままのボロ別荘、誰が買い取るか。とか言って。

　それを買い取った稀有な人が、写真家として世間に評価され始めた頃のアヤ兄だった。

　シェアハウスに改装して、家賃収入を得ようという目論見があったらしい。でも結局はそれも大失敗。真波浜町が観光地として賑わっていたのはもう過去のこと。例のホテルもとっくに廃業してるし、今ではこんな寂れた田舎町に引っ越してくる人自体が稀だ。しかも交通の便が悪い山の上という悪条件も重なって、ここで暮らしたがる人は誰もいなかった。

「うちの一族はみんな商才がない」

そう嘆いていたアヤ兄は、部屋を埋めるためにも、やっぱり親戚たちに声をかけ始める。

そして深紅が親元を離れてここに引っ越してきたのが、去年の春。中三の頃だ。

その一年後。今年の四月には、高校進学と同時に俺が入居。

今やここは、俺たち枕木一族専用のシェアハウスと化していた。

もう経営はとっくに諦めてるらしく、一般募集も止めている。もはやシェアハウスっていう
より、アヤ兄のマイホームに俺たち親戚が居候してるような感じだ。

「今さら家賃なんかいらねーって。お前らも自分の家だと思ってくれていいから」

アヤ兄はそう言ってくれるけど、もちろん俺たちはちゃんと家賃を払っている。

……親戚割引で格安の毎月三万円。食費、光熱費込み、な。

◇

「いただきまーす！」

リビングに深紅の元気な声が響き渡る。

このシェアハウスの名前は「ウィノグランド」。アヤ兄が好きな写真家の名前からとったら
しいけど、俺たちは単に「シェアハウス」と呼ぶことが多い。

二階に八部屋ある客室はペンション時代からほぼそのままだけど、一階はロビーとか受付室

とかの壁を全部ぶち抜いて、広々としたリビングに改装されている。オープンテラスにも繋(つな)がってるし、すごい解放感があってとにかくおしゃれ。

高い天井の梁(はり)でゆっくり旋回する、これまたおしゃれなプロペラを見上げる。

ここの改装費って、一体いくらかかったんだろ……。

俺の心中を読み取ったのか、アヤ兄が物悲しいオトナの顔で言った。

「なにも言うな蒼一朗(そういちろう)。また俺が稼(かせ)げば済む話だ。さっさと借金を返済して、もう一度風俗王に返り咲いてやるさ」

「……そっか。なれるといいな、風俗王。応援するよ俺」

「あたし下ネタ嫌(きら)い」

親戚(しんせき)三人で囲む、いつもの食卓。

俺も深紅も、それぞれ家庭の事情ってやつで、実家を離れてここで暮らしている。

俺たちの保護者代わりのアヤ兄は当然、深紅の事情だって知ってるんだろうけど、俺はなにも聞かされてない。こっちから聞くつもりもない。いくら仲の良い親戚(しんせき)だからって、おたがい詮索しないのがマナーだ。

「てかこのカレー、うまっ⁉ 蒼一朗の料理のなかで、一番おいしいんじゃね⁉」

「それは光栄だけど、食いながらでかい声で喋(しゃべ)るな。行儀(ぎょうぎ)悪いぞ」

深紅は「ほーい」と軽く流して、

「ところでアヤ兄。シホ姉っていつ頃に帰ってくんの？」

シェアハウス、ウィノグランドには現在、合計四人が暮らしている。

いま名前が出た「シホ姉」っていうのが、もう一人の住人だ。

フルネームは佐々川紫穂。二十七歳。既存曲の歌い手から出発した覆面ボーカリスト。二年くらい前に男女二人組のバンドでメジャーデビューしたんだけど、最近そのミュージックビデオが海外の有名アーティストのSNSで取り上げられて、向こうで大バズり。このタイミングを逃すまいと、現在、楽曲制作も兼ねた初の海外ツアーを敢行中。

そしてやっぱり、俺たちの親戚だ。

アヤ兄の入居者集めの呼びかけにイチ早く応じた女の人で、このシェアハウスに深紅が入居するまでは、ずっとアヤ兄と二人きりだったらしい。

この下ネタ王と二人きりで暮らしていた理由は、なにも親戚同士だからってだけじゃない。

「あー、紫穂な。七月には帰ってくるって話だけど、何日になるかはまだわからん」

「ねえねえ。やっぱ寂しい？」

深紅の忍び笑いに、アヤ兄は堂々と頷く。

「そりゃ恋人だからな。早く帰ってきてくれないと、俺ちゃん寂しくて泣いちゃう」

アヤ兄とシホ姉はもともと両想いだったらしく、このシェアハウスで一緒に暮らしてるうちに、晴れて恋仲になったんだと。

「恋人ってのはいいぞ〜？　お前らも仲良いんだし、いっそ付き合っちゃえばいいのに」

もちろんアヤ兄は、俺たちがたまにラブラブ恋人ごっこをしてるなんてことは知らない。

てゆーか言えるわけがない。

そりゃそうだろ。じつは裏で「そーくん、しゅき〜」「わはは、こいつぅ」とか言ってイチャイチャしてるなんて、身内に知られたら悶死する。

「俺だけじゃなくて親戚はみんな、蒼一朗と深紅ってお似合いだと思ってんぞ？」

「だめだめ。今さらおたがい異性としては見れないって。なあ蒼一朗？」

「だな」

俺と深紅はもう、本物じゃないけど本物の兄妹って言える間柄だ。妹を恋愛対象として見るなんてさすがに無理。

逆に言えば、俺たちにはそれだけの信頼関係があるからこそ、あんな恥ずかしいバカップルごっこでも気持ちよくできちゃうわけで。

「それよりさ、アヤ兄とシホ姉はうまくいってるの？　やっぱ結婚しちゃう感じ？」

「うーん……将来的にはそうしたいけど、なあ」

アヤ兄の返事は歯切れが悪い。

二人とも今は仕事が忙しいから、まだ結婚とかは考えてないみたいだ。

でももしそうなったら、俺も深紅もこのシェアハウスを出ていくべきだよな……ここはそのまま、アヤ兄たち新婚夫婦の愛の巣になるわけだし。

「なんだ蒼一朗？　まさか余計な心配でもしてんのか？」

アヤ兄は相手の機微によく気づく人だ。

「安心しろ。仮に俺と紫穂が結婚しても、ここはもうお前らの家だ。ずっと住んでていいぞ」

「でも……」

「いいんだって。それにお前らもいたほうが、家族っぽくて楽しいだろ。俺が父親で、紫穂が母親。そんで蒼一朗と深紅は、俺らの息子と娘。お前らどっちが誕生日早いんだっけ？」

「お、なんかそれ、ままごとみたいで面白いな！　誕生日は俺のほうが早いから、俺が兄貴ってことで！　ほれ妹よ、『おにーちゃん』って呼んでみろ！」

「そして俺のことは『お父様』と呼べ。いや『パパ』も捨てがたいが……」

「そんなままごと、まったく興味ない。蒼一朗まで乗っかるなんて……なんなのハゲ」

面白がっている俺とアヤ兄を尻目に、深紅が「うぜえ」と漏らす。

あれ？　なんでこいつ、急に不機嫌になってるんだろ。ままごと、好きなくせに。

「そ、そうか……ままごとが嫌なら、トランプでもして遊ぶか……？」

冗談なのか本気なのか、アヤ兄がやたら的外れなフォローをしていた。

二階に八部屋ある入居者用の部屋は、それぞれ1から8の部屋番号が振られている。管理人のアヤ兄は一階のスタッフルームを自室にしている。

俺の部屋は角部屋の四号室。深紅の部屋は廊下を挟んで対角線上にあたる八号室。

もともとペンションのツインルームとして作られた各部屋は、畳十畳分くらいあってかなり広い。俺が実家から持ってきた私物は少ないんで、部屋はまだまだ閑散としていた。

勉強机の置き時計で時間を確認すると、もう夜の十一時過ぎ。

……もうちょっと勉強したら寝るか。

数学の問題集を解きながらそう考えたとき。

「ねえねえ蒼一朗」

深紅が俺の部屋のドアを勝手に開けて、勝手に入ってきた。

「あのな。いくら同居人でも、ノックくらいしろ。もし俺が変なことしてたらどうすんだ」

「変なこと？　ああ、男子のそーゆーやつ？　別にあんたのなら、見ても気にせんよ？」

「俺が気にするんだよ」

「そんなのいいから、暇ならちょっと来てよ」

「悪いけど暇じゃない。俺はいま勉強中……って、おいどこ連れて行くんだ」

俺は強引な紅姫様に無理やり連れ出される。

「ね、あれ見て」

深紅に促されて、階段の影から一階のリビングをこっそり覗き見る。

くの字型の北欧ソファーに座っているアヤ兄が、木製のローテーブルに置いたノートPCと会話していた。

「……シホ姉と通話しながらお酒飲んでるの」

「……ああ、そうみたいだな」

アヤ兄の前に置かれたノートPCには、金髪ミディアムショートの洒落た女の人が画面いっぱいに映っている。

バンドの楽曲制作&海外ツアー中のボーカリスト、佐々川紫穂ことシホ姉だ。

「で、それがどうかしたのか？」

「あれこそ恋人って感じの会話をしてたんだ。あたしたちも参考にしようよ」

深紅はアヤ兄とシホ姉のやりとりを、俺たちの恋人ごっこに取り入れたいらしい。

「……覗き見なんて趣味が悪いぞ」

「……でもあんただって興味あるっしょ？」

それは否定しない。本物の恋人の、しかも大人の恋人たちが二人きりで交わす会話なんて、なかなか聞ける機会はないからな。

アヤ兄は缶ビールを飲みながら、ノートPCに語りかけている。

「ああ。深紅も蒼一朗も楽しそうにやってるよ。二人ともいろいろあったのに、強い奴らだなって思う」

『彩人さん、またくだらない下ネタで、深紅を怒らせたりしてない？』

　PC画面の向こうにいるシホ姉も、缶ビールをあおっていた。

「まあそれはデフォだけど……今日の晩メシのとき、ちょっと家族ごっこみたいな話になってな。そしたら深紅が不機嫌になっちまって。デリケートな部分に踏み込みすぎたかな、俺」

『深紅はまだ難しい年頃だもんね。もちろん蒼一朗くんも』

「ああ。だから俺たちが、ちゃんと見守ってやらないとな。親戚として。家族として」

　アヤ兄の口調は普段の下ネタ王と違って、とても落ち着いたものだった。

　本気で俺たちのことを案じてくれている、頼れる兄貴のそれだった。

「……なあ深紅。やっぱ部屋に戻らないか？」

「……うん。これ以上は聞いちゃいけない話だね」

　二人で引き返そうとしたとき、ふとアヤ兄が席を立ってキッチンに向かった。

　透明のグラスとウィスキーボトルを手にして、戻ってくる。

「あいつらはもう寝た頃だろうし、俺たちは大人のしっとりタイムに切り替えようぜ」

『ふふ。こっちはまだ夕暮れだけど、まあいいわよ』

　画面に映るシホ姉も、同じようにウィスキーボトルとグラスを用意する。

『スコッチのトワイスアップ。常温の水割り。彩人さんが好きな飲み方よね』

「香りが引き立つんだよ。一番の女の前でも、氷を入れてたような気がするけど？』

『あら。昔はその一番の女の前で飲むなら、これが最適解だ」

「あの頃は紫穂を口説くことに必死で、味も香りも二の次だったからな……冷たい酒のほうが
俺も冷静でいられたし。でも俺たちはもう、焦る必要なんかないだろ？」

『そうね。ゆっくり飲みましょう。じゃあ彩人さん……乾杯』

俺と深紅は同時に「ぐらり」とよろめいた。

「オトナだ……あれこそオトナのラブコメだ……っ！」

二階の自室で待っていると、やや遅れて深紅が戻ってきた。

「持ってきたよ蒼一朗」

「ナイス。さっそくやろうぜ」

深紅が手に持っているトレイには、透明のグラスと麦茶、そしてペットボトルの水が載って
いる。キッチンから取ってきてもらったんだ。

クッションに座った深紅は、透明のグラスに麦茶を注いだ。

「麦茶のトワイスアップ。常温の水割り。そーくんが好きな飲み方よね」

「いやそこはスコッチってことにしとこうぜ」

「あ、そっか。ごめんごめん。スコッチのトワイスアップ」

ままごと開始。

深紅は注いだ麦茶に、ペットボトルの水を加えようとする。

「おい待て。麦茶を水で薄めるのは、さすがにダメじゃね？」

「だってこれスコッチだもん。あと調べたんだけどね、トワイスアップってお酒と常温の水を一対一で割る飲み方なんだって」

「くっ……麦茶と水を、一対一か」

急に冷静になってきた。

俺たちは今、途轍もなくバカなことをしてるんじゃないだろうか。

「いい、そーくん？　ここからはちゃんと恋人だぞ。おっけ？」

「わかってるよ、みーちゃん」

深紅が用意した麦茶の水割り（ちゃんと一対一で割った）を鼻先まで持っていく。

「香りが引き立つな……一番の女の前で飲むなら、これが最適解だ」

「あら。昔はその一番の女の前でも、氷を入れてたような気がするけど？」

「だって麦茶だからな」

「おい現実を入れてくんな！　これは恋人ごっこ！　ままごと！」

「冗談だってっての……えっと、じゃあ焦らずに飲もうぜ、みーちゃん」

「うふ……そうね。ゆっくり飲もう。そーくん……乾杯」

深夜零時過ぎの、俺の部屋。

俺たちは水で半分薄めたぬるい麦茶を、仲良く飲んだ。

「そーくん、あたしのことスキ？」

「スキに決まってるだろ、みーちゃん」

これはあまりにも馬鹿馬鹿しくて、くだらないままごとだけど。

たとえいくつになっても、やっぱり深紅とやる恋人ごっこは、とっても楽しい。

俺たちがもっと大人になってしまったら、もうこんなバカはできなくなるんだよな。

だったら俺は、いつまでも子どものままでいたいなあ……。

●

第三話

都合のいい彼女

This is
just a
play house

久しぶりに昔の夢を見た。

俺と深紅(みく)が今よりもずっと幼かった頃の夢だ。

——もお、ままごとの最中なのに、そーくんってば相変わらず暗いまま。

——ごめんね、みーちゃん。でも僕はやっぱり。

——あ、そうだ！　ねえ、あたしたちって同棲(どうせい)中のラブラブカップルだよね？

——うん。これってそういうままごとだったよね。

——というわけで恋人のあたしが、落ち込んでる彼氏に元気をあげる！

幼い深紅は口元で指を一本立てながら言った。

——内緒で、キスしちゃおうよ、そーくん。

儚く美しく、背徳感も伴った、俺の大切な思い出だった。

◇

教室で吉川たちと駄弁っていると、スマホに深紅からのメッセージが届いた。

深紅【今日は一人で自主練してるんだけど、テンション下がった。もう帰ろかな……】

深紅【あんたまだ教室にいたりする？】

よくわからんけど、とりあえず返信しておく。

蒼一朗【まだ教室だぞ。じゃあ一緒に帰るか？】

深紅【それな！　恋人ごっこしながら帰るべ♪】

吉川が冷やかしの目を向けてくる。

「なんだよ枕木。紅姫様からのお呼び出しか？」

「そんな感じ。というわけで俺、先に帰るわ」

「てかお前と紅姫様って、一緒に住んでる親戚なんだよな？　あんな美人と付き合ってるうえに同居までしてるなんて、どんだけ幸せ者だよお前」

「だから付き合ってないっての。俺たちはほんとにただの親戚で」

たまに恋人ごっこをしてるだけ——なんてことは、さすがに痛すぎて言えない。

「ま、付き合ってないにしても、紅姫様と一緒に帰るならクレープ屋にでも寄ってけよ」

吉川がデレッとした顔で言った。

「俺が彼女と放課後デートやるときの定番コース。二人で一つのクレープを買って、おたがいに食べさせ合うんだ。ラブラブ感満載で、チョー楽しいぞ？」

「ふーん……だったら寄っていこうかな」

食べさせ合うことが楽しそうだとは思わないけど、クレープ自体はちょっと気になる。

「なんか今の話を聞いてたら、俺もスイッチ入った」

と、加藤が漏らす。こいつは自分の机で補習課題のプリントに挑戦中だ。

「今この瞬間だけ彼女欲しいモード発動。俺もかわいい女の子とイチャつきながら、クレープ食いたい。そんで後腐れなく『ばいば〜い』で、次の日からはもう普通でいい」

考えてみれば俺と深紅って、図らずともそういう関係なんだよな。

恋人ごっこのときだけイチャついて、それ以外は至って普通。後腐れなんて一切ない。おたがい自由にいつでも恋人気分を味わえる、とっても都合のいい関係……。

「出たよ。加藤の自分勝手モード」

吉川が呆れ顔になった。

「お前な、後腐れなくとか言うけど、そんな都合のいい関係、セフレと変わんねーぞ？」

……そう、かな？

「お、セフレ全然いいじゃん！　それって俺が求める理想系かも！」

だめだこいつ。頭の中がちん○んしかない。

「なあ枕木。お前だって彼女じゃない女の子とキスとか、え、えっちなことしたいとか、思うことあるよな？　割り切ったカンケイってやつに憧れたりしない？」

「枕木がそんなこと思うわけねーだろ……加藤と違って真面目な奴なんだから。なあ？」

吉川に同意を求められた俺は、

「ふはははは！　当たり前だろーが！　キスは彼女とするもの！　それ以外は駄目！」

とりあえず笑っておく。

うなじがぴりぴりしたんで、手でこすった。

ごしごしごしごしごし……。

深紅と合流して学校を出たあと、浜沿いの海岸通りを並んで歩く。

ちなみにここに引っ越してきてから知ったんだけど、海辺の街は潮風の影響で髪がめちゃくちゃ傷む。トリートメント、マジ大事。

「そういや深紅、自主練中にテンション下がったとか言ってたけど、なんで下がったの？」

「一人で発声練習してたら、陸上部の男どもにしつこく絡まれたの。まじでくそ面倒」

「……今度は陸上部かよ」

深紅は今日みたいに部活がない日でも、一人で部室に行って、発声とか筋トレとかの自主練を欠かさない。

こいつの演劇に対する熱意は本物で、部活以外でも中三の頃からずっと、地域の演劇ワークショップとやらに参加しているほどだった。

「こっちは真面目に自主練してるんだっつーの。練習の邪魔するお前らなんて、宇宙一お断りだっつーの。な～にが『深紅ちゃん、デートしよ～』だっつーの。ぺっぺっ」

「前に深紅も言ってたけど、いっそ『もう彼氏がいる』って大々的に宣言しちゃえば？　そしたらそういう連中も減るんじゃないの？」

「その策なあ……やっぱ気が乗らないっていうか、そんな噂広めたところで、どうせ絡んでくる奴は絡んでくるだろうし……それに迷惑かけちゃうじゃん？」

深紅は申し訳なさそうに、俺を横目で見てきた。

どこから流れたのか、この学校に深紅の彼氏がいるって噂は、すでに一部で広まっている。

深紅自身は「いない」って否定してるんだけど、俺はよく一緒にいるせいで、見知らぬ男子から「お前が深紅ちゃんの彼氏か」とネチネチ絡まれることは何度もあった。友達の吉川たちでさえ、そう思ってるみたいだし。

「ま、モテすぎる女も大変ってことか」

からかうような目を向けてやると、

「そうなの。モテすぎると、ほんと大変なの」

「否定しないどころか、自分で認めちゃうんだ」

「うん。あたし、モテる女の自覚あるし」

堂々と返してくる紅姫様。超かっこいいわ。

「てゆーか、これで自覚のない女なんて逆にやばいっしょ。それともなに？『えー、あたしなんか全然モテないよお』とか言ったほうがよかった？」

「まあ深紅がそれ言ったら、嫌味でしかないわな」

「な？　というわけで、モテるだろとか言われても、それはそれで困るわけですよ。謙遜しても空気悪くなるし、開き直っても空気悪くなるし、もうどうすりゃいいんだって感じ。だからあたし、それ言われたらいつも苦笑いで誤魔化してたりする」

「あー……」

「結局モテすぎて一番困るのは、女子から妬まれることなんだよね。クラスの子たちだって表ではフレンドリーでも、裏ではいろいろ言ってるの知ってるんだから。たとえば『深紅と一緒にいたら顔面の劣等感ハンパねえ～。ぶっちゃけあんま一緒にいたくない～』とかさ。そんなわけであたし、あんまり友達おらんねん……ぐすん」

それは俺も薄々気づいていた。

こいつはクラスの女子たちとも一見うまくやってるけど、なんか表面上っていうか、微妙に距離を置いているような感じなんだ。昼メシだって、いつも俺と二人で食ってるし。

「てかさ。そんなにモテたくないなら、いっそ寝癖のまま学校に行ったらどうよ？」

「はい、出ました。女子がオシャレするのは全部男ウケのためだと思ってる、スペシャル童貞発言。さいてーさいてー。じゃああんたがアバターのスキン買うのはなんのためですかー？」

「……自己満足のため」

「それな。あたしも自己満足でオシャレしてるのです。あくまで自分のために、髪とか化粧品とかに課金してるのです。『モテたくない女はオシャレするな！』なんて、暴言にもほどがあるんだに？　わかっただに？」

「わかったからその語尾やめろ」

深紅は通学鞄ごと、自分の両手を頭の後ろに回した。

「みんなあたしのことなんて、なーんも知らんのにね？　それなのになんで男どもは、簡単に好きとか言えちゃうんだろ。レンアイというものは、本当に摩訶不思議でございます」

「確かに家での深紅は、胸元ガッツリ開いたキャヤミでうろついてるなんて、誰も知るまい」

「だってラクなんだもん。ちなみに冬はドテラな。これも誰も知るまい」

「あと料理が下手すぎて、包丁もロクに握れない。夜中は一人でトイレに行けないほど怖がりで、『だってゴーストが出たらやばいじゃん』とか言って、わざわざ俺を起こしにくる。朝は妙にご機嫌で、鼻歌まじりで歯磨きしてるけど、髪が爆発したままってのがアホっぽく」

「あたしの悪口言えて楽しそうだな？」

「だってなあ」

「でも確かにその辺の男子なんて、あたしと付き合ったらみんなすぐ幻滅するわ。やっぱ誰かと付き合うなら、最初から本性を全部知ってる人が一番ラクなんだろーなあ」

「はは。それが当てはまる男って、俺しかいないじゃん」

　軽口のつもりで言ってみる。

「あは、ほんとだ。やっぱあたしには、そーくんが一番だ。スキだよ、そーくん」

「俺もスキだぜ、みーちゃん」

　俺たちは自然とままごとに移行していた。

　深紅が満面の笑みで、俺に肩パンを入れてくる。

「びしっ、びしっ、びしっ！」

「なんで殴る？　しかも効果音つきで」

「だって『俺しかいない』とか言われたら、ちょっと嬉しいじゃーん。びしっ、びしっ！」

それはシラフで言ってるのか。

それとも恋人ごっこで言ってるのか。


寂れた商店街、うみねこストリートのクレープ屋に寄ってから、岬にやってきた。

街のランドマーク、白い灯台がそびえ立つこの岬は、青々とした芝生が敷き詰められた公園になっている。

見晴らしも大変素晴らしく、前方も右も左も、全部が蒼い海。

俺たちは岬の鉄柵に寄りかかって、まだ熱いクレープを食いながら広大な海を眺めていた。

吉川が言ってたように、最初は二人で一つのクレープを買って食べさせ合おうかとも思ったんだけど、結局は自分たちが食いたいクレープを一個ずつ買った。

俺たちは本物の恋人じゃないんだし、それでいいと思う。

「この岬、あたしのお気に入りなんだ。ここから見る海、すごく綺麗でしょ」

海沿いの町、真波浜町はこの突き出した岬を先端に、扇状に広がっている。

「朝はあっちの海から太陽が昇って、夕方は向こうの海に沈んでいくの」

深紅は東を指し示した人差し指を、西のほうへ運んでいく。

大きくアーチを描くように。

細い指で、まだ青色の空に、すっと線を引いていく。

「昔はお爺さんの屋敷の裏山で、よく一緒に夕焼けを見たよね」

「ああ。懐かしいよ」

「……あんたが親元を離れて、引っ越してきた事情は知らないけどさ。あたし、また蒼一朗と会えて、本当によかったって思ってる」

「俺だって同じだよ。深紅と久々に会えて、素直に嬉しい」

うちの祖父さんは年に何度か、田舎の屋敷に一族の連中を集めて大宴会を開く。

深紅とはそこでいつも顔を合わせていたけど、俺たちはそれぞれ家庭の事情で、途中からあまり行けなくなった。

深紅と最後に会ったのは、確か小学四年の終わり頃だった。

それから俺がこの街に引っ越してくるまで、俺たちは一度も会ってない。

だから深紅と俺の間には、約五年の空白期間があるんだ。

「……しばらく会ってないうちに、蒼一朗も変わったよね。昔はあんたと話すときも、こんなに見上げなくてよかった。それにもっとおとなしい男の子だった気がする」

「それを言うなら深紅だって変わっただろ。ガサツ度にもずいぶん磨きが――」

そこでふと気づいた。

もしかしたら学校でも披露しているあのガサツな一面は、深紅なりのバリアなのかもって。

女として必要以上に意識されないためのバリア。俺たちが会ってない間に身につけた、こいつなりの処世術なのかもしれない。

「ま、あたしたち、もう高一だもんな？　あの頃と多少キャラが違ってて当然か」

残りのクレープを一気に頰張った深紅は、潮風に揺れる綺麗な黒髪を耳にかけた。

その表情は、子どもと大人の境界線のような、不思議な笑顔だった。

無邪気にも見え、凜々しくも見える。

「おたがい、いつまでもあの頃のままじゃいられない、ってことなのかな」

それは成長と捉えて喜ぶべきなのか、喪失と捉えて悲しむべきなのか。

今の俺にはまだわからないけれど。

「せんせー、質問ですっ！　男の子はいつ『僕』から『俺』に変わるんでしょーか⁉」

「誰の話だ。それは男に聞いちゃいけない質問の一つで」

「びしっ、びしっ、びしっ！」

「だからなんで殴ってくる？　あとその効果音もやめろ」

「あはは、楽しいね蒼一朗！　あんたと一緒にいると、毎日が本当に幸せだぞっ！」

「……俺もだよ、深紅」

こいつの俺に対する接し方は、昔から何一つ変わってなくて。

それだけは間違いなく、本気で嬉しいことだった。

姫芭蕉深紅――。

休みのたびに田舎で会っていた、兄妹同然の幼なじみ。

二人とも背は伸びたけど。深紅は髪が長くなって、ちょっと大人っぽくなって……まあ胸も多少は大きくなったけど。いや、かなり大きくなったけど。

それでも俺たちの仲良し関係だけは、きっといつまでも変わらない……はずだ。

「昔はよく一緒の布団で寝たりしたよね～。今度また一緒に寝てみる？」

「……深紅」

「なは。冗談だよ。さすがにもう、そこまで子どもじゃないもんね」

変わりたくないという願いに逆行して、俺たちは少しずつ、大人のカラダになっていく。

昔と変わらない「ままごと」を続けながら――。

第四話

芝居好きの彼女

This is just a play house

うちの祖父さんは、とにかく多趣味な人だった。

夏休みとかに親戚一同が田舎の屋敷に集まったとき、俺たちの世代は祖父さんからその多様な趣味をレクチャーしてもらうことが慣例になっていた。

絵画、ギター、空手、写真、書道、などなど。

俺たちにとっては習い事みたいなもので、アヤ兄が写真の道に進んだのも、シホ姉が音楽の道に進んだのも、祖父さんからカメラやギターを教わったことがきっかけだったりする。

この一連の習い事で、いつも驚異的な才能を発揮するのが深紅だった。

たとえばある年の夏休み。俺たちは祖父さんからギターを教わった。最初こそ深紅は親戚のなかで一番下手だったりするんだけど、次の冬休みにまた親戚一同で集まったとき——深紅は俺たちの誰よりも滑らかに演奏してみせた。

たとえばある年の春休み。俺たちは祖父さんから空手を教わった。やっぱり一番へっぴり腰だったのは深紅で、最初はまっすぐに正拳を打つこともできなかった。でも次の夏休みにまたみんなで集まったとき、深紅は俺たちの誰よりも美しい所作で拳を突き出していた。

深紅はなにをやらせても最初は一番下手なのに、あっという間にウデをあげて、どの分野でも全員をごぼう抜きにしてしまう奴だった。

あるとき本人に聞いたことがある。なんでそんなに上達が早いんだって。

深紅の返答はこうだった。

「上達が早いわけじゃないよ。ちゃんと時間かけてるもん」

ギターにハマったときは、毎日六時間は弾いていた。

絵にハマったときも、毎日六時間は描いていた。

それらと並行して、一日二千本の正拳突きを毎日欠かさずに続けていた。

しかも一分一秒、決して意識を切ることなく、地味な練習をひたすら繰り返せる奴だった。

姫芭蕉深紅は、常人離れした集中力の持ち主で、

「それにさ。そーくんたちに負けっぱなしなんて、悔しいもん」

負けず嫌いの天才だった。

そんな深紅が今、もっともハマっていることが――――。

「中三のとき初めて生の舞台を見たんだけど、心がずっきゅーんってなって。これはあたしも演劇やるしかないぞ～って思ったんだ。将来は役者の道に進みたいな！」

◇

帰りのホームルームのあと、先生から教室の机の交換作業を手伝ってほしいと頼まれた。

先生と二人で古い机を校舎裏まで持っていき、今度は新しい机を教室まで運ぶ。

「枕木(まくらぎ)がクラス委員長をやってくれてるおかげで、先生も助かってるよ」

「いえいえ恐縮です。俺にできることがあれば、なんでも言ってください」

「はは、頼(たの)もしいな。じゃあいっそ先生の机周りの掃除とかも、お願いしちゃおうかな」

おい調子乗んな。それはクラス委員、関係ねーだろ。

なんてことはもちろん口に出さない。

「ふはははは！　いいですよ？　報酬は茶菓子でお願いしますね！」

「おう。そのときはうまいもん食わせてやる。はは」

机の交換作業を終えて、先生が一足先に教室を出ていく。

俺も帰ろうとしたところで、スマホに着信があった。

今日も演劇部で一人、自主練中の深紅からだった。

わざわざ電話なんて珍しいな、とか思いつつ、通話アイコンをタップ。

「もしもし？　み――」

『蒼一朗、ビッグニュースだよっ！　これまじでビッグニュース！』

いきなり食い気味で被せてきた。

『今すぐ部室まで来て！　こなかったら、スーパーみくみく四連突きを喰らわせるから！』

一方的にそれだけ言って、通話は切れた。

……なんなんだ一体。ビッグニュース？

まあいいや。別にやることもないし、深紅の様子でも見に行くか。


校舎の階段を一階まで降りたところで、二人組の女子生徒が俺の前を横切った。

「え、姫芭蕉さんって、あの超美人の？　あの子、演劇部なんだ？」

「そうみたい。私、同じ中学なんだけど、姫芭蕉さんは中学のときも演劇部だったよ」

奇しくも俺と彼女たちは、向かう方向が同じ。

俺も後ろからついていく形になって、二人の会話が勝手に耳に入ってくる。

「姫芭蕉さんは中三でこっちに引っ越してきた転校生でね。だから演劇部にも中三で入ったんだけど、あの子が入部した途端、女子はみんな幽霊部員になっちゃって」

「あー、それわかる。あんな美人が入部してきたら、コンプレックス抉られそうだもん。隣にいるだけで自分の顔面が嫌になるっていうか。美人すぎるんだよね、あの子」

「しかも男子部員も次々に告白して、全員が玉砕して退部。だから中学時代の姫芭蕉さんは、ずっと一人演劇部だったんだ」

――そんなわけであたし、あんまり友達おらんねん……ぐすん。

なるほどな……ちくしょう。

「ただね、その中三のときの文化祭はもう伝説なの。演劇部の公演がすごすぎて」
「あれ？ でも一人演劇部だったんでしょ？ 姫芭蕉さんの」
「だからすごいんだって。彼女は一人で舞台に上がって、なんと四役も演じ分けたんだから。しかも最後は観客全員が大号泣。あれは間違いなく、演技の天才だよ」
「え、すご。ただの美人さんじゃなかったんだ」

当たり前だろ。深紅をナメるな。

あいつが本気を出したときの集中力と、どこまでも努力できる真摯(しんし)な姿勢は、俺が一番よく知っている。深紅は将来必ず、天才俳優って呼ばれる日がくるんだ。

深紅をぼっちにした奴らめ……よく見とけよ、この野郎。

「あの美貌(びぼう)でそんな才能もあるとか、もうチートでしょ。彼氏もいるって噂(うわさ)だけど、一体どんな男なんだろ」

「あ、それね。私が聞いた話だと確か──あれ、名前なんて言ったかな」

「女子をこそこそ尾行しちゃだめですよ～？」

唐突に後ろから声をかけられた。

「ばっ、ち、違うぞ⁉　たまたま歩く方向が一緒なだけで」

慌てて振り返る。

栗色ふんわりボブの小さな女の子が、そこにいた。

俺を見つめて楽しげに揺れるくりくりの瞳。黄色いリボンつきのカチューシャ。身長が低いうえに前髪ぱっつんだから、幼女みたいなあどけなさが際立っている。

前を歩いていた女子二人組は、俺に「きっしょ」と言って走り去った（泣けます）。

「くそ……聞き耳を立てていたのは事実だけど……」

「にゃはは～。気持ちはわかりますけどね」

がっくりしている俺の背中を、ボブ幼女が撫でてくる。

てかこの学校で俺に話しかけてきた女子って、深紅以外だと初めてかも（泣けます）。

「私も深紅ちゃんの彼氏の噂は、気になってるんですよね。やっぱりお相手は蒼一朗さんなんですか？」

ボブ幼女が俺の名前を口にした。

深紅とよく一緒にいる分、俺もそれなりに知名度があるのかな。

「ふははは！　残念ながら違うぞ？　俺と深紅はただの親戚だ」

深紅以外の女子と話すことには慣れてないから、つい声が大きくなってしまった。

「んー、そうなんですか。二人は昔から仲良かったですし、もしかしてと思ったんですけど」

「……昔から？」

ほんわかした雰囲気を放つボブ幼女は、口元に手を当ててくすくす笑う。

「まだ思い出せません？　私のこと」

んん？

改めてボブ幼女の顔をじっと見つめる。

記憶の海にダイブすると、答えは簡単に見つかった。

「あ、ああーっ！　もしかして、黄純ちゃん⁉」

ボブ幼女こと黄純ちゃんは、満足そうに頷く。

「にゃはは。何年振りですかね。お久しぶりです、蒼一朗さん♪」

国枝黄純。

確か祖父さんの四番目の弟の孫……って、だから系譜はどうでもいいんだよ。とにかく俺と黄純ちゃんは六親等も離れた遠縁だけど、やっぱり昔から祖父さんの屋敷で何度も顔を合わせてきた親戚だ。歳も俺と同じで、現在高校一年生。同い年なのに、なぜか敬語。

俺は小学五年あたりから親戚会にはほとんど顔を出してないんで、黄純ちゃんとも長いこと

会ってなかった。

「なんだよ黄純ちゃん。同じ高校だったのかよ。すげえ偶然じゃん」

「ちゃん付けはいらないですよ。私の名前って『キッス・ミー』でしょ？　これ気に入ってるんですよね。だからもう呼び捨てでお願いします。はいせーの、きっすみ～っ♪」

「きっすみ～……はは、そのなぜか敬語なところも含めて、いろいろ懐かしいよ」

「あ、フッーの笑い方になった。うんうん、蒼一朗さんは絶対そっちのほうがいいですよ」

なんの話だ。

「てか黄純ちゃ――黄純もこの学校にいるってこと、深紅は知ってるの？」

「知らないと思いますよ。私も遠目に見かけただけで、話しかけたりしてませんし」

「ああ、そっか……」

黄純は昔から親戚付き合いが薄いっていうか、独特のペースがある子だった。みんなで遊ぼうって誘っても「一人でスケッチしときます～」とか言って、遊びの輪には絶対に加わろうとしない奴。だから俺もちゃんと話した記憶はほとんどない。

「黄純の家って、今も田舎の親戚会に顔を出してる？」

「はい！　とは言っても、私は一人でぼーっとしてるだけなんですけどね。えへへ」

やっぱりその辺も相変わらずなんだ。

「最近は親戚会も集まりが悪いんですよ。蒼一朗さんも深紅ちゃんもずっと来てませんし、ほかのみなさんだって、いろいろ忙しいみたいで。お爺さんも寂しがってますよ？」

「じゃあ次の機会には、久々に顔を出そうかな……あ、そうだ。俺、これから深紅の演劇部に行くんだけど、よかったら続きはそっちで話さない？」

「ん〜……私も部活があるんで。今日はごめんなさい。深紅ちゃんによろしくです」

ほんわか笑顔で断られた。

「あ、黄純も部活やってるんだ。何部？」

「美術部ですよ。蒼一朗さんもまだ部活に入ってないなら、一緒にどうです？　小さい頃からよく描いてましたよね、絵」

「ああ、まあな。でも部活は、なあ……」

シェアハウスの料理当番とかもあるんで、ちょっと入部しづらい。深紅は毎日演劇の練習で当番から外れてるし。そもそもあいつ料理できないし。

「まあ美術部は機会があったら、一回遊びに行くわ。じゃあまた今度ゆっくり話そうぜ」

そう言って一人で演劇部に向かう。

「……でも蒼一朗さんが深紅ちゃんの彼氏じゃないとしたら、あの噂はなんなんでしょう？」

後ろで黄純がぼそりとつぶやいていた。

俺は聞こえなかったことにして、そのまま歩き去る。

プレハブの部室棟の前で、体操着姿の深紅が演劇部部長の赤井先輩と話していた。

深紅は俺を見た途端、笑顔でぶんぶん手を振ってくる。

「待ってたよ蒼一朗！　もうまじでビッグニュースなのっ！」

「そういやそんなこと言ってたな。赤井先輩はもうそれ聞いたんですか？」

「ああ。いま聞いたとこ。キミと同じく、姫芭蕉さんに呼び出されてね」

今日は演劇部の活動日じゃないのに、深紅はわざわざ赤井先輩まで呼びつけたらしい。これでつまらん話だったらパンチだぞ。

「で、なんだよ、そのビッグニュースって」

「どるるるるるぅ〜っ！　じゃん！」

自分の口でドラムロールを表現したあと、深紅はびしっと天を指差した。

「なんとあたし、劇団プラカード犬の舞台に立つことになったのだっ！」

「いやテンション高いとこ悪いけど、なにその面白ワード。え、プラカード？」

赤井先輩が教えてくれた。

「劇団プラカード犬。通称プラ犬。演劇人なら知らない人はいない、有名な劇団だよ」

聞けばドラマの脚本とかも手がけている劇作家、和久井孝仁って人が主宰の劇団らしい。手打ち興行の小劇場演劇で、その人気は凄まじく公演チケットはいつも即完なんだとか。

「僕と姫芭蕉さんが、演劇のワークショップに通ってるって話は聞いてる?」

「はい。ふんわりとですけど」

深紅は中三の頃から、赤井先輩と一緒に月に二回ほど、地域の演劇ワークショップに参加している。講師は引退した元役者の人で、自身のツテからたまにいろんなゲスト講師を呼んでもらえるんだとか。

「滅多に来てくれないけど、そのゲスト講師のなかには劇団プラ犬の和久井さんもいるんだ。和久井さんは前からずっと、姫芭蕉さんの演技を評価しててね。それで今回——」

続きを深紅が引き継ぐ。

「その和久井さんから、さっき直々に電話があったのだ！　六月のプラ犬の公演、キャストに穴が空いたから代役で出てみないか、なーんて電話だったのだ！」

「おお、じゃあそれに出るってこと？　どんな役？」

「主人公の恋人役！　つまり物語のヒロインだよ⁉　代役とはいえ大抜擢すぎん⁉」

「ヒロインって……す、すごいじゃないか深紅⁉」

しかもそのプラ犬って、チケットが取れないくらいの人気劇団なんだろ。代役なんてほかにいくらでもいそうなのに、まだ高校生で劇団員でもない深紅をあえて起用するって……。

え、これ俺が思ってる以上に、めちゃくちゃすごいことじゃね？

「やばくない？　高一でこれ超ヤバだよね？　もう矢場町だよね？　これ名古屋の地名な！」

「それは知らんけど、とにかくやばいな！　あははっ！」

俺たちは手を取り合って、ぴょんぴょん飛び跳ねた。

「ただなあ……一個だけ問題があって」

深紅は苦笑いになって頭を掻(か)く。

「あたしって、恋する女の芝居(しばい)が苦手なの。どうやって心情を表現すればいいのか、まったくわからなくて……ヒロイン役をもらったのは嬉(うれ)しいけど、そこがちょっとプレッシャー」

ああ、確かに。

恋人ごっこならいつも俺とやってるけど、あんなの本当の演技とは程遠(ほどとお)い、ただの遊びだもんな。適当に「しゅき～」とか言ってるだけで、気持ちなんかまったく入ってないし。

「姫芭蕉さんは恋人に対しても、どこか友達感覚なところがありそうだもんね」

赤井先輩のそれは、少し皮肉が入っているように感じた。

深紅もそう受け取ったのかもしれない。

「あ、あははー……えっと、とりま制服に着替えてきま～す！」

硬い笑顔のまま、そそくさと部室棟の中に入っていく。

深紅がいなくなったあと、赤井先輩はバツが悪そうに頬(ほお)を掻(か)いた。

「さすがに意地悪なこと言っちゃったかな」

「大丈夫でしょ。実際にあいつ、誰に対しても友達感覚みたいなところあるし」

「……そうだね。本人も言ってることだけど、姫芭蕉さんは恋愛っていうものがよくわからないらしい。芝居においては、そこが弱点になってるんだ」

　赤井先輩は深紅を案じるような顔で続ける。

「ゲスト講師で来てくださる和久井さんも、ずっと指摘していたよ。キミには素晴らしい演技力があるけど、恋する女の演技になると少し弱いねって」

「でも代役とはいえ、その和久井さんの劇団でヒロイン役をもらったわけですし……これって深紅の伸び代には期待されてるってことですよね？」

「ああ。姫芭蕉さんの成長は怖いくらい早いから」

　それは俺もよく知っている。

「初めて彼女の演技を見たときは、普通の子だと思ったんだけど……僕なんてあっさり抜かれたよ。今や彼女は、あの和久井孝仁から直々に舞台出演の声がかかるレベル。もう嫉妬なんか通り越して、心から憧れるよ。役者としても、異性としても」

　赤井先輩は偽悪的に笑った。

「やっぱり『一旦距離を置こう』なんて話、しなきゃよかったかもな」

「こんなこと聞くのもアレですけど、なんで深紅にそんな話をしたんですか？」

「……僕にもいろいろ、あるんだよ」

　寂しそうな、弱々しいつぶやき。

今は冷却期間らしいけど、俺たちのごっこ遊びとは違って。

赤井真吾先輩は、正真正銘、深紅の彼氏だった。


二人の出会いは、例の演劇ワークショップ。

深紅が中三、赤井先輩が高二のときだ。

当時から深紅は、恋する女の演技が弱いって、周りからよく指摘されていたらしい。

それについて「そんな女の心情なんて、わから～ん」と赤井先輩にこぼしていたら、先輩のほうからこんな提案があったんだと。

「じゃあ試しに一回、僕と付き合ってみる？」

で、深紅はその提案を受け入れた。

赤井先輩とは一番仲のいい演劇仲間だったから、とくに抵抗はなかったんだって。

それが今年の三月頭のこと。

でも俺がこの街に引っ越してくる直前の三月下旬、つまり付き合い始めてから一ヶ月も経たないうちに、なぜか赤井先輩のほうから「一旦距離を置こう」って切り出されたらしい。

こうして二人の交際期間は、わずか二週間ほどでひとまず終わった。

いや、今はただ距離を置いてるだけなんだし、一応はまだ恋人になるのか？

なんにせよ二人とも、その微妙な関係はわざわざ公言したりしていない。

深紅が高校に入学した時点で、もうそういう話にはなっていたし、変に騒がれると相手の迷惑になるということもあって、俺を含めた一部を除いて二人の交際話は内緒になっている。

まあ人の口に戸は立てられないから、すでにある程度の噂にはなっちゃってるけど。


赤井先輩と俺と、制服に着替え終えた深紅の三人で下校する。

距離を置いてるカップルに挟まれて下校するのは、なんだかくすぐったい気分だ。

「プラ犬の練習ってどんな感じなんだろう。姫芭蕉さんの練習が始まったら詳しく教えてよ」

「もちろんっす。そのときはご飯でも食べながらどーすか？」

てゆーかこの二人、距離を置いてるとか言う割には、普通に仲良いんだよな。

ヨリを戻せるチャンスかもしれないし、俺ってここにいないほうがいいような……？

「はは。そのときは枕木くんも一緒にね。三人でご飯に行こうよ」

……なんか適当なことを言って、俺は消えてやるか。

「あ、俺ちょっとトイレに行ってくるんで、二人は先に」

「じゃあ僕はこっちだから。またね、姫芭蕉さん、枕木くん」

俺が消える前に、赤井先輩はさっさと十字路を曲がっていった。

手を振って先輩を見送っていた深紅が、俺に向き直る。

「おしっこ行くんでしょ？　あたしも喉渇いたから、一緒にコンビニ行こうよ」

「……いや、もう引っ込んだ」

「なんやそれ？」

もうこの際だから、深紅の気持ちを聞いておこうかな。俺のアシストが余計なお世話だったら申し訳ないし。

「なあ。深紅って赤井先輩のこと、どう思ってんの？」

「え、なに急に」

露骨に嫌な顔をされた。

「あ、あれか？　芝居のために一回付き合ってみたって話、やっぱキショいと思ってんの？」

「そうじゃなくて。俺はただ」

「い、言っとくけどな。芝居っていうのは、自身の経験が表現力に直結するんだぞ？　演劇の世界には、メソッド演技というものがあってだな」

「だから別に責めてないって。赤井先輩のことは、ちゃんと好きだったんだろ？」

「もちろんだよ？　そりゃ芝居のためでもあるけど、そもそも好きじゃなかったら付き合わんって。蒼一朗に対する『好き』とは、ちゃんと違う感情だったんだから」

「おお、俺のことも好きって言ってくれるんだ。ちょっと感動」

「当たり前じゃん。あんたに対する『好き』は家族愛。赤井先輩に対する『好き』は……」

「赤井先輩に対する、好きは？」

「……………異性、愛？」

「なんでそこ疑問形なんだよ」

深紅は「うーん」と唸って、

「あたしって、まだお子様なんだろうね。赤井先輩のことは間違いなく好きだけど、やっぱり異性愛とか恋とか、ぶっちゃけよくわからんもん」

「ま、それがわかってたら、恋する女の演技とやらでは悩まないか」

「そーゆーこと。でもあんたへの気持ちだけはハッキリしてるよ。家族愛。これ世界で最強の愛。あたしたちは一生仲良しだ。蒼一朗とはずっと離れたくないもん」

「俺だって今さら深紅と離れるなんて、想像もできんわ」

「でしょー？　でも恋人とか夫婦とかになると、簡単に『距離を置こう』なんて話になるじゃん？　これってなんでなん？　わけわからんのですけど」

「さあ……なんでだろ？」

俺だって恋愛とかよくわかってないんだから、そんなの聞かれても困る。

「あーあ。赤井先輩とも最初から付き合ったりしなければ、距離を置こうなんて話にはならなかったのかなあ……」

「おいおい。そんなこと言うなよ」

「だって前までは、普通にご飯とか行ってたんだよ？　先輩と二人で。仲良く。楽しく。付き合う前からそんな関係だったんだよ、あたしたち」

深紅はぷっくりと頬を膨らませた。

「それが付き合い始めたら、なんか急に『一旦距離を置こう』なんて言われてさ。理由も教えてくれないし、あたしは泣いたぞ？　そのたった一言で、今まで仲良しだった関係がビミョーになっちゃうんだもん。もう気軽にご飯にも誘えないし、さっきだって『二人きりは嫌だから枕木くんも一緒にね〜』みたいなニュアンスでさ。傷つくっての。泣くっての……ぐす」

「わかったわかった。ほれ」

ポケットティッシュを渡そうとしたのに、深紅は俺の制服の内ポケットに手を突っ込んできた。そこにいつも入れてある俺のハンカチを勝手に抜き取ると、自分の目元を拭って。

「ちーんっ！」

くそ。なんでわざわざ鼻までかむ。俺のハンカチで。

「……好きな人とは普通に仲良くしときたいんだよ。あんたとも」

「俺たちは仲良くしてるだろ。俺は別にハンカチで鼻かまれても『あー、もうだめだ。距離を置こう』なんて言わないぞ？」

「でもそーくんだってあたしの彼氏なら、やっぱりそれ言うときがあるんじゃないの？」

「だからないって。宇宙一愛してるみーちゃんと離れるわけが――」

唐突に恋人ごっこが始まって、ふと思った。

それはなぜか、今まで考えもしなかったこと。

「あのさ深紅」

「深紅じゃないでしょ。今はみーちゃんって呼べ、このタコ」

「それはちょっと置いといて。深紅ってまだ赤井先輩の彼女なんだよな？」

「まあ……別れ話をしたわけじゃないし、一応はそういうことに……なるんじゃないかと」

「彼氏がいるのに、なんで俺と恋人ごっこなんかすんの？」

「え？　なんでって」

深紅はきょとんとした。

質問の意図が本当にわからないって顔だった。

「だってこれ、ただのままごとじゃん」

「そうなんだけど」

「昔からよくやってたやつ。遊びでスキスキ言ってるだけ。なんか問題あんの？」

問題……なんかあるかな？

「えっと、じゃあさ。赤井先輩には俺と恋人ごっこしてるってこと、言える？」

「や、言えるわけないし。この歳で未だにままごとをやってるなんて話、どこの誰が言えるんだっての」

「まあ……そりゃそうか」

ただ恥ずかしいから言えないだけで、俺たちは別に後ろめたいことをしてるわけじゃない。

だったら彼氏がいるからって、意識するほうが変か。

それとも俺と深紅が変なのかな？

「ふわあ～……」

そんな俺の逡巡にはまるで気づかず、深紅はのんびりとあくびを噛み殺した。

「プラ犬の舞台にヒロイン役として立つことになって、今こそ恋する女の練習が必要なときだってのにさ。今のあたしじゃ赤井先輩に頼むこともできん」

「なんで？　頼んだらいいじゃん」

「距離を置こうって言ってる彼氏に、恋人の練習をさせてくれ、なんて言えると思うんけ？」

「そっか――あ」

ふいに閃いて、両手をぽんと打った。

「じゃあ俺でいいじゃん。俺で練習しろよ」

「えー、蒼一朗と恋人の練習？　いやあ、それはさすがに無理があるっていうかあ」

「でも俺たちって、いつも恋人ごっこやってるじゃん？　あれをもうちょっと真面目にやったら、案外いい練習になるんじゃないの？」

深紅はしばらく俺を見つめたあと、

「えへへ」

照れ笑いでうつむいた。

「……正直に申し上げますと、じつはあたしもちょっと考えてました。ままごとって即興芝居(エチュード)だし、真剣にやったら恋する女の役作りとかにも繋(つな)がるかなって」

「だったら最初から素直(すなお)にそう言えばいいのに」

「だって……今さらあんた相手に、真面目に恋人の練習をさせてくれ〜、なんてお願いするのはやっぱり恥ずかしくて……」

「それこそ今さらだろ。昔は一緒に風呂(ふろ)にも入ってたんだし、なに恥ずかしがってんだ」

「しかも未(いま)だに、宇宙一しゅき〜とか言ってるもんな？」

深紅は耳まで真っ赤にした顔で、微笑(ほほえ)みかけてきた。

「ま、まあそんなわけなので……プラ犬の舞台本番まで、もう少し真剣な恋人ごっこをお願いしても、よろしいでしょうか」

「おう。どんどんやっていこうぜ」

こうして俺たちの『ままごと』には、まだそれを続ける「名目」ができた。

そのまま雑談をしながら、シェアハウスまでの道のりを歩く。

「え、黄純って、あたしらの親戚の国枝黄純？　うちの学校にいたんだ？」

「やっぱ深紅も知らなかったか」

話題はさっき学校で会った黄純の話。

「うん。知らんかったけどあたし、黄純とは去年にも会ってるよ。黄純の家ってここから電車で一本の美山樹台でさ——」

それから深紅が話してくれた内容は、とても衝撃的だった。すごくいい意味で。

これについては、今度アヤ兄に詳しく確認してみようと思う。

「ん～。青い海を横目に飲むサイダーは、青春の味ですなあ」

言いながら深紅は、さっき買った瓶のサイダーをぐびりと飲む。

今日は五月にしては少し暑く、浜沿いの海岸通りに吹きつける潮風が大変心地良い。

「あんたも飲む？」

「くれ」

深紅の手から瓶をもぎとって、遠慮なく飲んだ。俺たちは今さら間接キスとかで大騒ぎするような関係じゃない。

そんな俺を真顔でじっと見つめていた深紅が、小さくつぶやく。

「しかし……うーむ。やっぱあんたと真面目に恋人の練習って、結構難しいかもな……」

「まあ……そうかもだけど」

俺たちは良くも悪くも仲が良すぎる。もうおたがい兄妹のように見てる間柄なんで、ちょっとやそっとのことでは、恋人の練習にはならないかもしれない。

「とりあえず、手でも繋いでみるか」

「うん」

深紅が平然と俺の手を握ってきた。

手を繋いだまま、二人並んで日没前の海岸通りを歩く。

「で、どうするの？」

「……さあ」

普通すぎる。

手を繋ぐなんて俺たちには慣れっこのことだから。

いつものままごとならこれでいいんだけど、恋する女の役作りってなるとなあ……。

きゅっ。

深紅が手の握り方を変えてきた。

俗に言う「恋人繋ぎ」。おたがいの指と指を絡めた繋ぎ方。

考えてみたら、これはあんまりやったことがないかもしれない。

握手みたいな繋ぎ方と違って、恋人繋ぎは五本の指を自由に動かせる。深紅の細くて滑らかな指を、俺の指ですりすりしてみた。向こうも同じように指を動かしてくる。

二人とも無言のまま、繋いだ指をこすりつけあう。その感触が気持ちよくて、もっと濃密にもっと大胆に、強弱をつけながら、おたがいの指と指を絡ませていく。

すりすり——きゅっ——てろてろ——ぎゅうっ——。

……この五本の指の「絡み合い」って、ちょっと連想しちゃうぞ……。

「な、なんかこれ、エッチしてるみたいじゃない……？」

「なんで口に出すんだ」

俺たちは今まで、しゅきしゅき言いながら相手の膝の上に跨ったり、抱き合ったりもしてきたけど、恋人繋ぎはそれ以上にドキドキする。生々しい恋人感が強いからだ。

「こ、これはかなり、恥ずかしいかも……」

と深紅は言うけれど、決して俺から手を離したりはしない。恋人繋ぎのまま小指の爪で俺の手のひらにくりくりと円を描いてくる。

恥ずかしさが甘さを加速させて、背筋を貫くような快感へと繋がっていく。俺たちが未だにままごとを止められない理由だ。だからどちらも手を離さない。恥ずかしいとは思いつつも、自分の指で相手の指をねちっこく愛撫しながら歩き続ける。

「よ、よし。このまま恋人っぽい会話でもしてみよう」

照れ隠しも兼ねて、そう言ってみた。

「う、うん。どんな話する？」

「これは深紅の練習なんだから、まずはそっちが先攻だろ。俺は後攻」

「つ、つまり先攻のあたしが即興のリリックを放ち、後攻の蒼一朗がアンサーを返す……ま、まるでラップバトルだな恋人の会話」

「よし、ビートは俺に任せろ。エイYO、ドンドンカッ！　ドドン、ドドン、カッ！」

「貴様さては照れてるな」

「そっちもな」

　恋人繋ぎで雰囲気作りはできている。あとは即興芝居の取っ掛かりさえあれば、演技の練習にもなりそうなんだけど――って、そうだ。

　いいアイデアが閃いた俺は、恋人繋ぎのまま聞いてみる。

「元カレの赤井先輩とは、どんなことをしてたんだ？」

「だから元カレっていうか、一応は今も……ああ」

　深紅はすぐさま俺の意図を読み取った。

「別に、なにもしてないよ……付き合ってた期間は、その、二週間くらいだし……」

「でも付き合ってたんだから、なにもないわけないだろ。正直に言え」

「ほ、本当だって。そりゃご飯に行ったり、電話したりは、してたけど……」

「電話は毎日？」

「もう……今はそーくん一筋なんだし、その話は……やめようよ……」

やめようよ、というのはもちろん演技だ。
俺たちはすでに、役柄に入っている。
俺——深紅の元カレに嫉妬している彼氏役。
深紅——元カレの件で問い詰められている彼女役。

これはそういう設定のままごとだ。

ままごとは台本のないフリー演技。役作りに最適な即興芝居。

なんか俺も、ちょっと楽しくなってきたぞ。

「じゃあみーちゃんは、赤井先輩とご飯に行ったり、電話したりしてただけなんだな？」

次に深紅は「もちろん」と頷くはず。

そしたら俺は、笑って頭を撫でてやって——。

「……じつは一回だけ、赤井先輩とキスをしました」

「…………」

「怒った？　そーくん？」

「なんで俺が怒るんだよ。付き合ってたんだから、キスくらい普通だろ」

「でもなんか不機嫌じゃん」

「気のせいだろ。そもそも俺、深紅の彼氏じゃないんだし、不機嫌になる必要なんて」

「え？　あれ？」

深紅がきょとんとした。

その顔を見て、俺も気づく。

いつの間にか恋人ごっこを忘れていたことに。

「あ、ああ、ごめん。なんかマジレスしちゃった」

「も〜、急になんだよ〜」

深紅が頬を膨らませる。

「せっかくいい感じでお芝居になってたのに、急に現実に戻るなよ〜」

「ほんと悪い……なんでいきなりシラフになったんだろ、俺」

「まあいいや。そんなトボけたところもスキだぞ、そーくん」

「はは、凡ミスした俺を許してくれるなんて、みーちゃんは優しいな。俺も大スキだ」

どこかシラけてしまったんで、いつものように二人とも嘘の愛を囁いてままごと終了。

終了なんだけど、それでも俺はまだ引っ掛かっていた。

「なあ深紅……その、赤井先輩とキスをしたっていうのは……」

「ん？　してないよ？」

「……本当に？」

「うん。手だって繋いだことないし、もちろんエッチとかもしてないから」

「エッチってお前」

深紅は自然体でケラケラ笑う。

「とにかくさっきのは全部演技。ただのお芝居」

……そ、そっか。

でもさっきは本当に、キスはあったのかもって思い込まされた。深紅の演技はそれだけ迫真だった。

これがいつもの遊びと違って、本気で恋人を演じたときの深紅か……。

「まー、あたしも基本的には嘘とか嫌いだけどさ。芝居のときは別」

深紅は人差し指を口元に添えて、にっこりと笑った。

「お芝居のなかは嘘をついても許される、メルヘンの世界なの」

それは普段の活発な深紅とは違い、どこか妖艶な大人にも見える笑顔で。

思わずドキッとしてしまった。

「……と、とりあえず、先輩とはキスしてないってことで、いいんだな」

「おやおや～？　なんかガチ目にほっとしてな～い？」

ムカつく顔で俺を覗き込んできた。

「なわけないだろ。てか近いんだよ。俺がキスすんぞ」

もちろん照れ隠しの軽口だったんだけど。

「いいよ？　する？」

深紅は笑顔のまま、自分の唇を指でちょんちょん突いた。

「あんたとは昔にもしたことあるしな？」

「え、いや、その」

「あはは。慌ててる。冗談だよ。こんな話をしたこと、赤井先輩には内緒だぞ？」

「当たり前だろ。冗談でも言えるか」

……くそ。不覚にもまたドキッとしてしまったじゃないか。

「昔キスしたことも内緒ね。あれはあたしたち二人だけの秘密」

空になったサイダーの瓶を通して、俺を見つめてきた。

薄い水色の瓶に映り込んでいるのは、俺と深紅の二人だけのメルヘンの世界。

「世界であたしたちしか知らない、秘め事のままごと」

その悪戯っぽい笑顔はやっぱりどこか大人の女性のように見えて。

俺は思わず目を逸らしてしまうのだった。

てゆーか俺、まだ心臓がドキドキ言ってるし。

しかも俺たち、まだ恋人繋ぎをしたままだし。
深紅はそのうち、俺以外の男ともキスをするんだろうな。
なんか複雑な気分かも。
……もちろん兄妹的な感情でな？

第五話

現実を変更する彼女

This is just a play house

下校前、クラス委員の雑用で職員室に行った帰り、赤井先輩とばったり会った。

先輩はこれから演劇部に向かうところらしく、俺も校舎の通用口まで一緒に歩く。

「うちの部はまだ文化祭の演目も決まってないんだけどね。それでも姫芭蕉さんは今日も律儀に顔を出してくれるみたい。一緒に基礎練をやりたいってさ」

ちなみにこの高校の演劇部員は、深紅と赤井先輩を含めて六人だけ。

もともと人数が少ない部活らしいけど、深紅の入部後は案の定、入部希望者が殺到した。もちろん全員が男。明らかに深紅が目当ての入部希望だったんで、部長の赤井先輩は全員シャットアウトして、今年の部員募集は一旦締め切ったんだとか。

最初から在籍していた先輩部員たちは、真摯に部活に取り組む女子のみだったこともあり、深紅は現在、中学時代に比べて穏やかな演劇部ライフを送っているらしい。

「ところで家での姫芭蕉さんの様子はどう？」

俺と深紅がシェアハウスで一緒に暮らしていることは、赤井先輩も知っている。

「普段どおりですよ。あ、でもいよいよ明日から劇団の練習が始まるとかで、テンションは高いです。台本が完成するのは、まだまだ先とか言ってましたけど」

「公演ギリギリまで台本が上がらないなんてことは、ザラだからね。先に役作りは始めるだろうけど、一体どんな練習をするんだろう。和久井孝仁が作る舞台……興味あるなあ」

そうだ。俺も深紅の役作りに協力し始めたこと、赤井先輩にはちゃんと伝えておいたほうがいいよな。今は距離を置いてる期間とはいえ、この人は深紅の本当の彼氏なんだし。

おずおずと切り出すと、

「ああ、姫芭蕉さんからも聞いてるよ。恋人になりきって即興芝居をやってるんだってね」

すでに深紅の口から伝わっていたらしい。

そりゃそうか。もう恥ずかしくて言えないただのごっこ遊びじゃなくて、れっきとした練習っていう名目ができたんだから。さすがに彼氏には報告するわな。

「枕木くんが彼女の練習相手になってくれるなら、僕としても嬉しいよ。今の僕にはなにもできないからさ……はは」

「あの、念のため言っときますけど、俺と深紅は本当にそういうのじゃないんで」

「わかってるって。芝居は芝居、だろ？　私情を挟むほうがおかしいよ」

赤井先輩は自嘲めいた顔で、ため息をつく。

「……ま、そういう僕こそが先に私情を挟んでしまったわけだけど」

「はい？」

「枕木くんも聞いてるだろ。僕と姫芭蕉さんが付き合うことになった経緯」

恋愛とか恋する女の心情なんてわからない、だからその芝居(しばい)が苦手だっていう深紅に、赤井先輩は提案した。じゃあ試しに自分と付き合ってみるかって。

それで二人は付き合い始めたんだ。

「最初は本当に、ただ彼女の芝居(しばい)の練習のためだった。もちろんかわいい子だなとは思ってたけど――いつの間にか僕は、本気で姫芭蕉さんを好きになっていたんだよ。芝居(しばい)に私情を挟(はさ)むのはおかしいなんて、僕が言えたセリフじゃないよね」

「ええと、よくわかりませんけど、それって悪いことなんですか？　だってちゃんと好き同士になったわけですし……」

「僕はそうだけど、向こうは違うから。あくまで練習の一環で、僕と恋人をやってただけ」

「それこそ違いますって。深紅はちゃんと先輩のことが好きだから付き合ったって――」

「……枕木くんはさ。誰かを好きになったことってある？」

急に変な話を振ってきた。

「え？　まあ人並みには。中学のときには、クラスの子に告白したこともありますし」

「それは本当に『恋』だったって、自信をもって言える？」

「そりゃ……告白したくらいですからね。見事に玉砕しましたけど」

赤井先輩は一体、なにが言いたいんだろ。好きも恋も同じだろ？

「……ごめん。嫌な質問しちゃったな。忘れて」

話を一方的に切ると、遠い目をして言った。

「とにかく僕が姫芭蕉さんに一旦距離を置こうって言ったのは、それが理由。僕の一方通行の恋だけで彼氏彼女を続けていくのは、苦しくなったからだよ」

「……一方通行じゃないはずだけどなあ……」

俺のつぶやきをよそに、赤井先輩は悪びれた顔で独りごちる。

「ふふ。『距離を置こう』なんて、卑怯なセリフだよな。完全に切って他の相手に目を向けさせることもせず、まだやり直しが効く場所に繋ぎ止めておくための便利な言葉なんだから。僕はね。いつか姫芭蕉さんが本気で僕を好きになってくれる日まで、このまま待たせてもらうつもりだったんだよ。ずるくて汚い恋をしてるよな、僕は……」

先輩の言ってることは難しくてよくわからないけど、とりあえず今でも深紅のことが好きなら、距離を置こうなんて言葉はさっさと撤回したらいいのに。

そしたら深紅は、たぶん――……。

「でもね、わかってるんだよ。もうただ待ってるだけじゃ、彼女を繋ぎ止めておくことはできないってことも……じゃあ僕はこっちだから。またね枕木くん。キミとは……今後も仲良くしていきたいと、思ってるよ」

校舎の通用口を出たところで、赤井先輩は演劇部のほうに足を向けた。

「あ、あの、赤井先輩！」

別れ際に呼び止める。

俺、先輩のこと、応援してますから。

そう伝えようとしたのに、なぜか言葉が出なかった。

俺が無言だったもんだから、やがて先輩も無言の笑顔で立ち去っていく。

……なんで俺、なにも言えなかったんだろ。


翌日の土曜日。

深紅は劇団プラカード犬（けん）の初練習に参加するため、朝早くから元気よくシェアハウスを飛び出していった。

そのときの顔は、煌（きら）びやかな遊園地の前にした子どもみたいで、とっても嬉（うれ）しそうだった。

「はは……そりゃ嬉（うれ）しいわな。出演が決まったときのあいつ、めちゃくちゃ喜んでたし」

がんばれよ深紅、と小さくつぶやいた俺は現在、テラスに座って久しぶりの風景スケッチに取り組んでいた。

高台にあるこのシェアハウスからは、真波浜町（まなみはまちょう）の様子が一望できる。

濃紺の空と、まっすぐな水平線でカットされた蒼い海。海に向かって伸びる森の緑は途中で左右に大きく分かれ、その隙間に一軒家ばかりが目立つ市街地が広がっている。

ここの山道はだるいけど、景色だけは抜群だ。モチーフとしては最高だな。

俺が今日、久々に鉛筆を取っているのは、前に黄純に言われたセリフがきっかけだった。


——美術部ですよ。蒼一朗さんもまだ部活に入ってないなら、一緒にどうです？


あの誘いを受けたとき、ちょっと揺れたんだよな。

昔、祖父さんに教わった習い事のなかで、俺が一番ハマったのが絵画だったから。

でも深紅に続いて俺まで部活を始めたら、現状俺と二人で料理当番を回してるアヤ兄の負担がデカくなるんだよな……そもそもアヤ兄は、仕事で家を留守にすることが多いし。

一人で黙々とスケッチを続けていたら、パシャッと、カメラのシャッター音が聞こえた。

振り返ると、カメラを構えたアヤ兄がテラスの端に立っていた。

「六〇年代のキャノンの名機、デミSだ。中古屋で見つけて、つい衝動買いしちまった」

ハーフサイズのレトロなカメラを掲げる。写真家のアヤ兄はプライベート用にフィルム式の古いカメラを好んで使う。フィルムが貴重な今だからこそ、逆におしゃれなんだとか。

「アヤ兄、帰ってたんだ。おかえり」

「おう。とはいっても、またしばらくしたら出張だけどな。仕事があるのはいいことよ」

　ここ二、三日、アヤ兄は泊まりがけで地方の撮影に行っていた。ちなみに出張の際は、必ず現地のガールズバーに寄るらしい。恋人のシホ姉にはもちろん内緒。

「蒼一朗が絵を描いてる姿は久々に見たもんだから、つい撮っちまったわ。お前は昔からよく描いてたもんな」

「アヤ兄も知ってるだろ。俺がやってたのは、ほとんど模写だよ」

　小さい頃から画家の作品を見るのが好きだった俺は、有名な絵を真似して描くことばっかりやっていた。だから風景画を含めて、自作はあんまり描いたことがない。

　アヤ兄が「どれどれ」と言って、スケッチブックを覗き込んできた。

「あー、見るなって。下手なんだから」

　テラスから見える景色を描いてみたものの、俺のスケッチは決してうまいとは言えない部類だった。民家の大きさも実物と違うし、そもそも高台の標高からして違う。

「ほほう。なかなかいい絵じゃん」

「いやどこが？　この民家なんてデカいだろ。森だってこんなに広くないし」

　なんだか慰められているような気がして、つい突っかかってしまう。

　それでもアヤ兄は笑って流した。

「かつてゴッホは言った。解剖学的な正確さで描くのではなく、自分の感覚による誇張や逸脱こそが芸術であると」

「なにが言いたいんだよ」

「現実の変更。つまり表現とは『嘘をつくこと』だ。民家が実物よりデカくてもいいじゃないか。グラスの底に顔があってもいいじゃないか」

「その話は前提が違うだろ。ゴッホとかは緻密なデッサンができたからで」

「いいんだって。正確な模写ばっかりやってたお前だからこそ、まずは嘘をつく楽しさを知るべき。すべての創作活動はそこから始まるのである」

「嘘をつく楽しさ……？」

「そう。優れた表現者は、みんな優れた嘘つきなんだよ。俺も裸の女を撮るときは、現実よりおっぱいがデカく見えるように工夫して撮る。深紅の演劇はもっと顕著だろ。役者はみんな、舞台の上で嘘をつく。その『嘘』が楽しいから、もっと最高の『嘘』をつきたいから、俺たちはどんどんのめり込んで、練習していくんだよ」

　優れた表現者は、みんな優れた嘘つき。

　確かにそういう意味では、深紅はかなり嘘がうまい。とくにこの間の恋人ごっこなんて、どこまで本気で言ってるのかわからない場面があった。

「だから蒼一朗も、今はうまい下手なんてつまらんことは気にするな。自分の感覚で好きなように、楽しんで描け。海に巨大な女をブッ刺してもいいんだぞ？　しかも素っ裸でエロいポーズをしてたら最高の芸術だ。デッサンとか細かい技術を気にするのは、そのあとだよ」

　よくわからんけど、アヤ兄は遠回しに励ましてくれているのかもしれない。

「というわけで絵が好きなら、なんで美術部に入らねーんだよ」

「え」

「もしうちのことで遠慮してるなら、余計なお世話だぞ息子よ。俺もお前も帰りが遅くなる日は、出前でも取ればいいじゃねーか。深紅と仲良く天津飯でも食おうぜ。天津飯でも」

　なんで二回言ったのかわからないけど……さすがアヤ兄。全部見抜かれたのか。

「うん……ちょっと考えてみるよ」

　前向きに検討してみよう。美術部には黄純もいることだし――って、そうだ。

「そうそう。俺、アヤ兄が帰ってきたら、聞こうと思ってたことがあったんだ」

「おう。なんだ？」

　黄純と学校で会った日の帰り道、俺は深紅とこんな話をした。

――黄純の家ってここから電車で一本の美山樹台でさ。あんたが引っ越してくる前は、黄純も何度かシェアハウスに遊びにきたことがあるの。アヤ兄が無理やり呼んで。

――アヤ兄ってそういう親戚同士の付き合い、好きだよな。

――それもあるけど、なんかアヤ兄、黄純にも一緒にシェアハウスで暮らさないかって誘ってるみたい。

——え、まじで⁉　あいつもうちに住むの⁉　それめっちゃ楽しそうじゃん⁉

——うーん。それがさ、黄純本人が断ってるんだって。

「あー、黄純もお前らと同じ高校だったのか。まあ家近いもんな、あいつ」

アヤ兄も初耳だったらしい。

「で？　どういう経緯で、黄純にも一緒に住まないかって誘ってんの？」

「大した話じゃねーよ。あいつの両親って、家を留守にすることが多くてな。おじさんたちから頼まれてるんだ。黄純をここで預かってくれないかって。でも——」

「本人が断ってるって聞いたけど」

「そういうこと。なんかあいつ、ここに住むこと嫌がってんだよ。理由はわかんねーけど」

「……やっぱり実家にいたいのかな、黄純は」

もちろん実家にいられるなら、それに越したことはない。

俺も、たぶん深紅も、二人とも実家にいられなくなってここに引っ越してきたんだから。

「まあとにかくだ！」

アヤ兄は取り繕うみたいに、元気よく言った。

「お前らも同じ学校なら、黄純と仲良くしてやってくれ。たぶんあいつ、寂しがってるから」

「……ああ。もちろんだよ」
そのまま絵を描き続けて夕方になった頃、スマホに深紅からのメッセージが届いた。
深紅【岬にいるぞ】
超短文。
もちろん「来い」って意味なんで、スケッチブックを片付けて行ってやることにした。
オレンジ色の斜陽が差す夕方の海岸通りを走りながら、ふと考える。
そういや今日の劇団の練習って、昼過ぎには終わるって話だったような……？

芝生が敷き詰められた岬の先端、鉄柵の前に、深紅はいた。

「おい深紅。きてやった——ぞ……」

つい声が止まってしまった。

さっきまで筆を取っていたせいか、めちゃくちゃ絵になる光景だと思ってしまったから。

黄金色に輝く空と海。まばゆい陽光を反射しながら、たゆたう白い雲。

そんな奇跡的な夕暮れの空をバックに、こちらに物憂げな背を向けて佇む黒髪の少女——。

どこかの名画のような美しさだと、感じてしまった。

「あ、きたきた」

少女が俺に振り返る。

「ん？　なに？　回送電車を見送るときみたいな、ぼけっとした顔して」

もちろんそれは、いつもの深紅。ガサツで明るい、普段の深紅だ。

「たとえが独特すぎる。もっとほかにあるだろ」

あはっ、と笑った深紅は、また海のほうに向き直った。

俺も隣に並んで金色の海を眺める。本当は青色のくせに、嘘つきな海だった。

「劇団の練習って、昼過ぎまでじゃなかったっけ？　今までなにしてたんだ？」

「うん。なんとな〜く、その辺をさまよってた」

「なんで？」

「だから。なんとな〜く」

……なんだろう。深紅の様子がちょっとおかしい。

口調はいつもどおりなんだけど、普段の元気さが微妙に足りないような、そんな感じ？

もしかして、劇団の練習でなにかあったのかな。それで俺を呼び出したとか。

でも深紅がなにも言わない以上、こっちから問いただしたりはしない。

「……あんたをここに呼んだ理由、聞かないの？」

「おう。深紅が話したくなったときでいいぞ。それまでは俺、ぼけっと横にいてやるから」

「……さすが蒼一朗だ。あんたは本当に、あたしのことをよく理解してくれてる。そんな貴様には、もう『深紅マニア』の称号を与えよう」

「さんきゅ。まあ俺ほどの深紅マニアは、世界中のどこを探しても――――って、深紅？」

深紅は海を眺めたまま――涙を一粒、落とした。

なんだ？

なんで泣く必要がある？

「……あは。だめだな、あたし。今日は本当に、だめだなぁ……」

自分の指先でそっと涙を拭う。表情だけは笑顔のままで。

「もうわかってると思うけど、蒼一朗に話を聞いてほしくて、わざわざ来てもらったの」

「ああ……俺でよければちゃんと聞くから、言ってみろよ」

頷いた深紅は、弱々しく語り出す。

「今日はね、プラ犬のみんなとの顔合わせも兼ねて、即興芝居をやったの。台本のセリフ部分はまだ完成してないから、来月の公演でそれぞれが演じる役柄になりきって、アドリブで掛け合いをしたの」

「うん。それで？」

「……あはは。レベルの差を見せつけられちゃった」

鉄柵を握る深紅の手に、ぎゅうっと力がこもった。

「あたしは主演の恋人役なのに。物語の大事なヒロイン役なのに……もう明らかに浮いちゃうぐらい、キャストのなかで……い、一番演技が、下手だった……」

「……そりゃ仕方ないよ。ほかのみんなは、れっきとした劇団員なんだし」

そんなの言い訳にしてはいけないんだろうけど、俺はそう言うしかない。

「演出の和久井さんからも、すごいダメ出しされちゃった」

「………」

「恋する女の演技が全然なってないって。気持ちがまったく表現できてないって。その調子だと、や、やっぱり降板も……考える、って……期待はずれだったかもって……ぐす」

最後のほうは、もう涙声だった。

今朝はあんなに喜んでシェアハウスを飛び出していったのに、こんなのって……ありかよ。

「悔しいよ蒼一朗。せっかく摑んだチャンスなのに、あたし、このままだと、ほ、本当に」

「………ああ。悔しいな」

深紅が悔しいと、俺も悔しい。

深紅が泣くと、俺も泣きそうになる。

いつも明るくて偉そうで、楽しそうに笑っているのが深紅なのに。

だけど俺には、なにも言えない。

だって演技のことなんて、なにもわからないから。

「その……俺にできることがあれば、なんでも言ってくれよ」

やっと口にできた言葉が、それ。

ありきたりな慰めしか言えないことに腹が立つ。

だから俺は、せめて真摯な気持ちを精一杯に伝える。

「俺、もっと真剣に恋人の練習に付き合う。いくらでも練習台になる。だから」

「……じゃあ一個だけ、お願いがある」

水平線の向こうを見つめていた深紅は、本気の顔で振り返った。

「キスがしてみたい」

「……。

………………だめだろ、それは。

「本物の恋人になりきって、キスまで経験してみたら、なにかヒントが掴めるかもしれない。

恋する女とやらを演じるためのヒントが。だから……試してみたい……」

そりゃあ俺と深紅は、小さい頃にもしたことがあるけれど。

「こんなこと、蒼一朗にしか、頼めないの」

俺たちはもう高校生だぞ。ただの子どもじゃないんだぞ。

そもそも、深紅には——。

「もちろんあんたが嫌なら、無理強いはできないけど……」

深紅には、彼氏がいるじゃないか。

彼氏がいる女の子と、ましてやその彼氏とも親しくさせてもらってる俺が、キスなんて。

「それはその……さすがに」

できるわけがないだろ。

「………だよね」

弱々しい返答だった。

「あたしには一応、彼氏がいるのに、あんたとキスがしたいなんて……いくら役作りのためでも、こんなの頼むほうがどうかしてる。ほんとごめん。忘れて」

深紅は涙を拭って、鉄柵の前から離れる。

「自分のことは、自分でなんとかするから」

「待って」

帰ろうとした深紅の腕を、俺は摑んでいた。

俺たちはもう家族なのに。兄妹なのに。そのうえ深紅には彼氏がいるのに。さすがにキスなんて駄目に決まってる。

確かにそう思っているはずなのに、俺は。

「……いいよ。しようぜ。キス」

これはあくまで芝居の練習。そこに私情を挟むなんて、おかしいことだ。

「ほ、ほんと……？　ほんとにいいの⁉」

「ああ。だってこれは、役作りの一環で……芝居のため、だろ？」

「うん！　もちろんただのお芝居！　恋人の演技をするだけ！」

この笑顔が見られるなら、やっぱり俺はなんでも受け入れてしまう。

……違う。本当は深紅の笑顔が見られるなら、なんて聖人ぶった理由でもなければ、練習台になってやろうなんて、善人ぶった理由でもない。

単純に、したかったんだ。

さっき一瞬でも美しいと感じた深紅と、俺はキスがしてみたかった。

それはただの悪い男の発想。

それこそ芝居に下卑た私情を挟む最低の行為。

俺はどうしようもなく思春期で、本能を抑えられない未熟なガキだった。

「じゃあ……ほんとに、するよ？　ほんとに、いいんだよね？」

「ああ……」

——やめておけ。今キスまでしてしまったら、きっとなにかが変わるぞ。

頭の片隅に残る理性が、そんな警鐘を鳴らし続けていたけれど。

俺はそれを無視した。

「そーくん……スキ……」

微笑んだ深紅が、長い黒髪をかき上げる。

たったそれだけのことで、周囲の空気が一変する。

いつもやっていたお遊びの恋人ごっことは次元が違う。

本気で俺の恋人を演じてくる姫芭蕉深紅を前に、俺は寒気すら覚えたほど。

こいつ……こんなに、かわいい女の子だったっけ……？

「いつもあたしのわがままを聞いてくれてありがとう。本当に大スキだよ、そーくん……」

息遣い、所作、表情筋。

すべてが完璧。

これのどこにダメ出しされる要素があるのか、俺にはまったくわからない。

「あ、ああ……俺もスキだよ……みーちゃん」

深紅が表現する圧倒的な『嘘』に呑まれている俺に、彼女はそっと身を寄せてきて。

「――――ん」

俺は恋人のみーちゃんと、唇を重ね合わせた。

心臓の鼓動音だけが、やけにうるさく響いていた。
どくどくどくどくどく――……。

やがてみーちゃんは、ゆっくりと身を離す。

「……うん、こういう感じか。やっぱ昔と違って、不思議とドキドキしたな」

そこにいたのは俺の恋人のみーちゃんじゃなくて、俺の親戚の深紅だった。

「恋をしてる相手の前では、ドキドキがもっと強くなる……？　だったら今の感覚をベースに表情をもう少し硬くすれば……そうだ、胸の高鳴りがあれば声の調子も変わるはずで……」

ぶつぶつと分析している深紅に、俺は言った。

「……その、どうだ。少しは参考になったか？」

「うん！　めっちゃ参考になった！　姫芭蕉深紅の表現力が10ポイント上昇って感じ！」

「……はは」

つい笑みがこぼれた。安心したんだ。キスをしたところで、やっぱり俺たちは普段と何一つ変わらなかったから。

「蒼一朗のおかげで、次はもっといい演技ができるかも！　ほんとにありがと！」

「ああ。俺でよければなんでも言え」

ちょうどそこで、深紅のポーチからスマホの着信音が鳴った。

そのディスプレイを見た深紅が、目を丸くして言う。

「あれ、珍しい……赤井先輩からだ」

ドキッと心臓が鳴った。

まさかこのタイミングで、その名前を聞くなんて。

動揺している俺とは対照的に、先輩の彼女はいつもの調子で、平然と電話に出る。

「もしもし先輩？　はい。え？　あー、言いましたね。えと、今からですか？」

……いくら役作りの一環だったとはいえ、キスはもう、これっきりにしないとな。

「いえ、あたしは全然いいんですけど……すいません、少々お待ちください」

スマホを耳から離した深紅が、俺に向き直った。

「ねえ。赤井先輩からご飯に誘われたんだけど、今から行ってきていい？」

どくん。

また心臓が鳴った。

さっきとは違って、鉛のように重く鈍い脈動。

「えと……なんでわざわざ、俺に、聞くんだ？」

「だって蒼一朗、夕食当番じゃん。もうご飯の準備してるなら悪いし」

「メシの準備はまだだけど……その、食事って、赤井先輩と二人だけで、行くのか？」

「うん。プラ犬の練習初日がどんな感じだったのか聞きたいんだって。ほら、前に三人で帰ったとき、今度ご飯食べに行こうって話にもなったじゃん？」

その話は俺を含めて「三人で」行こうってなったはずだろ。

それなのになんで赤井先輩は、急に深紅と二人で、食事なんて。

――馬鹿か俺は。なんで、じゃないだろ。

そもそも二人はまだ恋人同士。二人きりで行くのが普通じゃないか。

「あ、ああ……じゃあ行ってこいよ。深紅と先輩は、その、彼氏彼女の関係なんだし」

「まあな？　んじゃ、そうさせてもらうわ」

笑顔で頷いた深紅は、スマホを耳に当て直す。

「お待たせしました先輩。今から行かせていただきます。てゆーか、まじで二人でいいんですか？　急にどしたんすか？　あたしのこと、あんなに避けてたくせに、もお～」

忍び笑いで話す深紅を見ていると、胸がずきんと痛む。

なんだこれは。

なんで俺は、こんな変な気持ちになってるんだ。

「はい、じゃあまたあとで！　遅れたらパンチですよ？」

やがて通話を終えた深紅が振り向いた。

「あたしはもう行くけど、蒼一朗はこれからどうすんの？」

「スーパーで晩メシの食材を買って、シェアハウスに戻るよ」

「そっか。あたしも九時までには帰るから。じゃあ行ってきま〜す」

深紅はいつもの明るい笑顔で、早々と駆け出していった。

岬に一人取り残された俺は、ぽつりとつぶやく。

「ずいぶん嬉しそうじゃんか……」

当然か。距離を置こうなんて言われていた彼氏から、久々にご飯デートに誘われたんだし。

そりゃ喜ばないわけがないわ。

鉄柵に身を預けて、岬の端っこから空を見上げる。

太陽はいつの間にか海の中に沈んでいて、夜が目前まで迫っていた。

「……別に俺たちは、本当の恋人じゃないんだから」

限りなく本物になりきるけど、決して本気になってはならない、ごっこ遊び。

今のキスも、そんな『ままごと』の一環。ただの芝居の練習。深紅が求めた役作り。

そんなの当然、わかってるのに。

「……ふ。くく」

馬鹿みたいに嗤ってしまう。

実際に俺は馬鹿だった。

「ふははは！　やっぱあいつ天才だわ！　なにが『本当に大スキだよ、そーくん……』だっつーの！　マジで嘘がうますぎるって！　ぶははは！」

うなじがぴりぴりしたんで、手でこすった。

ごしごしごしごしごしごしごしごし。

すべてはあの、蕩けるような愛の告白と、やけに甘かったキスのせい。

全部嘘だってわかってるのに、あいつが生み出したとびっきりの虚構世界は、俺の揺るぎない現実世界に一つの爪痕を残していった。

やっぱりキスなんて、するべきじゃなかった。

絶対によくないってわかっていた。理性はちゃんと制止を訴えていた。

それなのに俺はすべてを無視して、キスをしてしまった。ちゃんと拒否できていれば、俺はきっと、こんなおぞましい感情にも気づかないままだったと思う。

これは本能に負けて、深紅とキスをしてしまった俺への罰。

それは深紅にだけは決して抱いてはならない、禁忌の感情。


「……俺、深紅のことが、ガチで『好き』だったりして……」


この物語は。

極彩色の毒々しい虚構と、モノクロの儚い現実で揺れる、歪なメルヘンの物語。

子どもから大人へ。不安定な転換期における、捻れた恋の幻想譚。
馬鹿ですけべな思春期たちがお送りする、とっても笑える恋愛喜劇——。
とどのつまりは。
歪んだ歪んだ「ラブコメディ」なのである。

幕間

追想のなかの彼女

This is just a play house

シェアハウスの俺の机には、家族の写真が一枚だけ飾ってある。

俺、父さん、母さん、それから……妹の紅子。

十年前の幸せそうな四人家族は、写真スタンドの中で今も変わらずに微笑んでいる——。

うちの家は四人家族で、俺には本物の妹がいた。

過去形にできるのは、さすがにもう整理がついているからだ。

妹の紅子は俺の一歳下。俺が小学一年のとき、母さんと一緒に交通事故で亡くなった。

昔の俺は引っ込み思案で、おとなしい子どもだったんだけど、紅子はまったくの正反対。明るくて活発で、ちょっとだけガサツ。ようするに深紅と似た性格だったってわけ。

実際、「紅子」と「深紅」はよく似ていた。見た目の話じゃなくて、性格や仕草や好み、会話の呼吸とか、二人がまとう雰囲気（ふんいき）がそっくりって感じ。

そして妹の紅子も『ままごと』が大好きだった。

なんの影響か知らないけど、紅子は夫婦設定でやるままごとを嫌（きら）った。「恋人がいい」といつも言っていた。

「だってしょうらいは、ほんとにおにーちゃんとケッコンするもん。ごっこはいや」

舌足らずな口で、そう言ってくる幼い紅子。もう超かわいい。

俺は紅子が望むことなら、なんでもしてあげた。

絵本を読んであげたり。

おやつを分けてあげたり。

恋人ごっこもそうだった。

もちろん当時まだ五、六歳だった俺たちに恋人なんてわかるはずもなく、基本的には普通のままごとと大差はなかったんだけど、

「おにー……じゃなくて、そーいちろうさん。いってきますのちゅーして」

「いってきます、べにこ。ちゅっ」

ませた五歳の紅子は、ほっぺにキスをよくねだってきた。

そんな俺たちの恋人ごっこを、父さんや母さんも微笑（ほほえ）ましく見守ってくれていた。

本当に幸せな日々だった。

そしてある日、例の交通事故にすべてを奪われる。

俺と父さんが病院に駆けつけたときには、もう母さんも紅子も息を引き取っていて。

奇跡的に綺麗な顔のままだった二人の遺体は、まるでただ眠っているかのようで……。

「うそだ。べにこも、おかあさんも、急にしんじゃうなんてうそだよ。こんなのやだあ」

俺の心に暗くて大きな穴が空いた、小一の寒い冬だった。


言葉ごときでは決して語れないこの喪失感は、俺の引っ込み思案に余計拍車をかけた。

学校ではもちろん、家でも一切喋らない。食事もロクに摂らないし、テレビを見たり本を読んだりすることもない。ただ暗い部屋で膝を抱えて、時計の音を聞いているだけ。

そんな日々が続くなか——小二の夏休みがやってくる。

俺は父さんの車に無理やり乗せられて、もうとっくに恒例行事になっていた田舎の親戚会に無理やり連れていかれた。去年の夏休み以来、うちは一年ぶりの参加だった。

父さんはきっと、殻に閉じこもっていた俺に、気分転換をさせたかったんだと思う。

だけど祖父さんの屋敷で親戚一同と顔を合わせたところで、やっぱり俺は誰とも話す気にはなれなかった。歳の近い親戚たちも、俺に気を遣って積極的に絡んでくることはなかった。

ただ——同い年の「深紅」だけは違った。

深紅は二人だけで遊ぼうと言って、嫌がる俺を無理やり屋敷の裏山に連れ出したんだ。

「さて、そーくん。なにしてあそぼっか？」

笑顔でそう言ってくる深紅の距離感や空気感は、やっぱり紅子にそっくり。

そんな深紅を前にすると、どうしてもため息が漏れてしまう。

「……べつにあそびたくないよ。みーちゃんはアヤ兄ちゃんたちと」

「だめ！　きょうはそーくんと二人であそぶの！」

深紅も紅子とは仲が良くて、俺たちは昔からよく三人で遊んでいた。でも今日ぐらいは放っておいてほしかった。遊び相手なんて、俺じゃなくてもほかにいるだろうと思っていた。

「そーくんは、べにこちゃんと二人のとき、どんなことしてあそんでたの？」

「いっしょにえほんをよんだり……」

——おにーちゃん、えほんよんで！

——あはは。べにこは本当に、えほんがすきだなあ。

もう二度とできないやりとりを思い出して、俺はまた沈んでしまう。

「えほんかあ。今日はもってきてないもんなあ。ほかにには？」

「ままごと」

——おにー……じゃなくて、そーいちろうさん。いってきますのちゅーして。

——いってきます、べにこ。ちゅっ。

「それだ！　あたしともままごとしよ！　あたし、べにこちゃんの代わりになってあげる」

「……あはっ、むりむり」

紅子の代わりになる、なんて軽々しく言ってきた深紅に腹が立った。

「ぼくたちがやってたのは、ただのままごとじゃないもん。こいびとごっこだもん。ほっぺにちゅーまでしてたんだから」

「ほっぺに？」

「そうだよ。だからみーちゃんにできるわけ――」

俺の頬に常温のゼリーのような感触が押し当てられた。幼い深紅の唇だった。

「これでいいの？」

本当にキスをしてきたことに俺は驚いて、見つめ返して。

「…………あ」

無邪気に微笑む深紅に、俺は失ったはずの妹を見た。

「こいびとごっこって、ほかにどんなことするの？」

「……手をつないで、あるいたり……ぐす……」

深紅と紅子は外見が似ていたわけじゃない。性格とか仕草とか、雰囲気が似ていただけ。だけどこのときばかりは一瞬だけ、二人の姿がダブって見えた。

「はい。お手てつないだよ。おさんぽしよ、そーくん……って、あれ？　泣いてるの……？」

もちろん悲しくて泣いていたわけじゃない。

たとえ刹那の幻だろうと、死んだ妹の元気な姿を見ることができて嬉しかったから。

加えて――俺は今さらながら、深紅の優しさに気づいたから。

「そーくん……泣いちゃやだよう。やっぱりあたし、よけいなことしたかな……？」

この日の深紅はずっと、俺が妹とやっていた遊びをあえてやろうとしていた。きっと深紅なりに真剣に考えて、自分が妹の代わりになれば俺を慰められるかもと思ったんだ。

そして本当に、俺が紅子とやっていたあの恋人ごっこを、そのまま再現してくれた。

――一瞬でも俺に、紅子の幻影を見せてくれた。

俺のためにそこまでしてくれた深紅の心遣いが沁みて、嬉しくて、俺は泣いていたんだ。

「ぐす……みーちゃん、ありがとう……さっきはそっけなくして、ごめんなさい……」

「……えへへ。いいよ。それよりこいびとごっこって、おもしろいね！　そーくんさえよければ、いつでもしよ？　あたしのことはもう、べにこちゃんだと思ってくれていいからね」

優しい深紅がいてくれたら、俺の心にぽっかり空いた穴も埋まっていくのかもしれない。

そんなことを考えた、温かい小二の夏だった。

長期休みごとに祖父さんの屋敷で開催されるその親戚会は、みんな二、三日ほど滞在してから、それぞれの地元に帰っていく。

でも俺たち孫世代のなかには、親だけ先に帰らせて、もうしばらく屋敷に残る連中もいた。

俺はそんな残留組になったことは一度もなく、いつも親と一緒に帰ってたんだけど。

「蒼一朗（そういちろう）。父さんは明日から仕事なんでもう帰るけど、お前はどうする？」

「そーくん……もうかえっちゃう……？」

おねだりしたいけど遠慮もある深紅のその目は、紅子もよくやるやつだった。

「……ぼくはもう少し、じいちゃん家（ち）に、いたいかな……」

「わ、じゃあまだそーくんとあそべるの⁉　わーいわーいっ！　こいびとごっこしよ！」

俺はこの小二の夏で初めて、祖父（じい）さんの屋敷に残った。

途中でほかの子どもたちが一人、また一人と地元に帰っていっても、俺と深紅だけは夏休みが終わるまでずっと一緒に残っていた。

「次にそーくんとあえるのは、ふゆやすみだね。次もまたこいびとごっこしようね」

「うん。またしよう。やくそくだよ、みーちゃん」

夏休みが終わって地元に帰ったあとも、俺は早く冬休みになってほしいと願っていた。

だって冬休みになれば……また『妹』に会えるから。

次の冬休みも、その次の春休みも同じ。

長期休みになるたびに俺は父さんと田舎の親戚会に出向き、深紅と二人でよく遊んだ。

ほかの親戚たちがみんな帰ったあとも、やっぱり俺と深紅だけは最後まで田舎に残って、学校が始まるギリギリまでずっと一緒にいた。

祖父さんからはいろんな習い事を教わったりもしたけど、深紅と二人で遊ぶときは、いつもままごと。

そんな俺たちのままごとは全部、失った妹が俺とやりたがっていた恋人ごっこだった。

そして、その恋人ごっこには――、

「そーくん。お仕事いく前に、いってきますのちゅーして」

「いってきます、みーちゃん。ちゅっ」

――ほっぺにキスも含まれていた。

最初はともかく、もうそれは紅子とのままごとを再現することが目的じゃなくなっていた。

「うふ。あたしもお返しね。いってらっしゃい、そーくん。ちゅっ」

いつしか俺も深紅も、キスまで入れた少し本物っぽいそのままごとを、純粋に楽しむようになっていたんだ。キスは役に没入するための小道具。銃撃戦ごっこも指でやる架空の銃じゃなくて、モデルガンを使ったほうが楽しいみたいな、そんな感覚に近かったんだと思う。

その少し変わったままごとで、深紅と仲良く遊んでいるうちに、俺は少しずつ。

「じゃあ、みーちゃん。とじまりよろしくね。ぼくはお仕事いってきまーす。ばたん」

「さてと。かれしがお仕事がんばってる間に、あたしは」

「ただいま、みーちゃん」

「いや早すぎるから！　一人でおそうじとかするあたしのターンもあるから！」

俺は深紅のおかげで少しずつ、最愛の家族を失ったショックから立ち直っていったんだ。

ある日、父さんが俺にこう言った。

「深紅ちゃんのことは、本当の兄妹みたいに優しく接してやれ」

言われるまでもなかった。

俺のなかではとっくに、深紅は大事な妹だったから。

もちろん深紅は深紅であって、決して紅子じゃない。そんなの最初からわかっている。

深紅は俺が一番だめになっていたとき、妹の代わりになるとまで言って、一番の支えになってくれた奴だった。だから次は必ず、俺が深紅の一番の支えになってやりたいと思っていた。

兄貴として。家族として。

そしてその日は意外と早く訪れる。


小学三年の冬休み。

いつものように親戚一同が田舎の屋敷に集まって、俺と深紅は夏休み以来の再会を果たす。

そのときの深紅の様子は、いつもと違った。

やっと立ち直ってきた俺と反比例するかのように、とても暗い顔で沈んでいたんだ。

「……今日の親戚会、あたしのパパは来てなかったでしょ」

「うん。お仕事が忙しいとか？」

「わかんない」

深紅は弱々しく首を左右に振る。

「パパは最近、ずっとおうちにいないの。ママもね、もう一緒にはいられないって言ってる」

「どうして？」

「だから、わかんないんだってば。あたしがね、『パパのこと嫌いになったの？』って聞いても、ママは違うって答えるの。ちゃんと好きだよって言うの。オトナってね、本当に好きだからこそ、お別れしなきゃいけないときがあるんだって。意味わかんないよ」

「本当だね。オトナって、よくわからないね」

「うん……そんなよくわからない理由で、パパとママは、もうすぐリコンするんだって」

このとき俺は、子どもながらになんとなく悟った。

うちの父さんはきっと、深紅の家の微妙な状況を知っていたんだって。だから「本当の兄妹みたいに優しく接してやれ」って言ってきたんだって。

「ねえ、そーくん。ママはパパのこと好きなのに、なんでリコンしなきゃだめなの？　だってあたしなら、大好きなそーくんとは絶対に離れたくないよ？　ケンカしてもちゃんと仲直りできるよ？　子どもにもできることなのに、どうしてオトナはできないの？」

「僕だって、わかんないよ……オトナの『好き』と僕らの『好き』は、違うんだよきっと」

「……そっか。オトナの『好き』は、どれだけ仲良しでも離れちゃうことがあるんだね……」

深紅は泣いていた。

「あたしの家、もうだめなんだ。パパはずっと帰ってこないし、ママも全然しゃべらないし。ごはんのときだってね、あたしがいくら話しかけてもママは聞こえてないみたいに、ほとんど答えてくれないの。おうちがね、とっても、とっても静かなの」

いつも明るくて活発だった深紅が、ぐしぐしと両目をこすっている。

「あたし一人っ子だから……静かなおうちが、すごく寂しい……」

今こそ俺が助けになってやる番だと思った。

「みーちゃん。こんなこと言っても、慰めにならないかもだけど」

なるべく優しい声を意識して、深紅の頭を撫でてあげた。

「僕はみーちゃんのこと、本当の兄妹だと思ってるよ」

「兄妹……？　そーくんが……？」

「うん。住んでる場所は違うけど、僕とみーちゃんは兄妹。家族。たとえ離れていても兄妹がいるって思えば、少しは気が晴れたり……しないかな、やっぱり」

そんなことしか言えないのか俺は、なんて歯痒く思ったんだけど、

「う、ううん！　ううん！　それすごく嬉しい！」

深紅は興奮した様子で、両手を握りしめてきた。

「あたし、そーくんと兄妹だったらなってずっと思ってた！　ずっと紅子ちゃんが羨ましくて仕方なかった！　だからあたしのことも兄妹って言ってくれるのは、すごく嬉しいっ！」

そこまで喜んでくれるとは思ってなくて、俺も嬉しくなった。

「あはは、そんなに？　てゆーか紅子の立場って、そんなに羨ましいかな」

「羨ましかったよ……そーくん、紅子ちゃんにはすごく優しかったもん。三人で遊んでるときだってさ、あたしだけ違うんだなって、ちょっと『そがいかん』あった」

深紅は恨めしそうに俺を睨んで、

「それに兄妹っていうのはね、ママよりもパパよりも、ほかの誰よりも血の繋がりが濃い関係なんだよ。世界で一番自分と近い、特別な存在なんだよ。切っても切れない一生の絆。それが兄妹だって、本で読んだことがある」

自分の指先で目尻をそっと拭う。

「だから兄妹は特別なの。あたし、そーくんとは血が繋がってないけど……それでもそーくんは本当に、あたしのこと兄妹だって、家族だって思ってくれるの？」

「うん。そもそも家族ってなんだろう。血の繋がりって意味なら、僕たちは薄いけどちゃんと

繋がってるわけだし。だったら最初から家族じゃん」

「……ぐす。嬉しい。じゃああたしとそーくんは、もう家族だね！　兄妹だね！」

深紅はやっと笑ってくれた。深紅が笑うと俺も嬉しい。

「じゃあ今日から僕のことは、おにーちゃんって呼んでよ」

「それはいや！」

深紅は怒った。

「あたしのほうが『せいしんねんれい』も上なんだから、あたしがおねーちゃん！　そーくんは弟！　おにーちゃんって呼ぶのだけは絶っ対に、いや！」

これも負けず嫌いの一環（？）なのか、変なところで頑固な深紅だった。

「でも僕のほうが誕生日早いし……」

「だめ！　じゃあもう上とか下とかなし！　でも兄妹！」

こうして俺たちは、本物じゃないけど本物の家族になった。


それからしばらく経って、俺たちが小学四年に進学した頃。

ある朝の食卓で、俺は父さんからこんな話を切り出された。

「なあ蒼一朗。じつは父さん、付き合ってみたい人がいるんだ」

もちろん小四の俺には、「付き合う」って言葉の意味くらい、もうわかっていた。

「そうなんだ。それって僕のお母さんになるかもしれない人？」

「どうだろうな。まだ恋人にもなってないから。でも父さんは、その人のことが好きなんだ」

「そっか……無事に付き合えたらいいね！」

とは言ったものの、ぶっちゃけた話、俺は複雑な心境だった。

父さんは、母さん以外の女の人を「好き」だと言ったから。

もちろん母さんはもういないんだから、なにも悪いことじゃない。

そんなこと頭ではわかってるんだけど、まだ子どもだった俺には、やっぱり複雑だった。


そして小四の夏休み。

俺はいつものように、田舎で深紅と再会する。

この時点で深紅の両親は、もう離婚が成立していた。

母親に引き取られた深紅は、以前のような明るさをあまり見せなくなっていて。

俺もその日は、少々似たような心境だった。

「……そーくんのお父さん、恋人ができたんだね」

「……うん」

俺が深紅に教えたわけじゃない。

昼間から大広間で酒宴(しゅえん)を繰り広げていた大人たちの、こんな会話がきっかけだった。

『わははは！　子作りは蒼一朗くんに見られないように、こっそりしろよ⁉』

『その前に蒼一朗くんには、先に弟か妹ができちゃったりして⁉』

『弱腰じゃだめですぞ！　蒼一朗くんのためにも早く新しいお母さんを作ってあげないと！』

『ええ、美人ですよ。もちろん結婚は考えてますけど……』

『美人さんですか⁉　やっぱり結婚しちゃう感じですか⁉』

『ほう、お前に恋人ができたとな⁉』

酔っ払った大人たちの声は怪獣みたいだった。身がすくむような絶叫で、なにを言っているのか意味不明で、離れた部屋で遊んでいた俺や深紅の耳にもしっかり届いていた。

そんな大騒ぎに耐えきれず、俺たちは二人で屋敷を飛び出して、裏山に逃げ込んだんだ。

「大人って勝手だよね。あたしの気持ちも、そーくんの気持ちも、なにも考えてない」

「……そうだね」

「あーあ。これがアニメとかだったら、そーくんのお父さんとうちのママが再婚して、あたしたちは本当の兄妹になる場面なのに」

「……そうだね」

「ねえそーくん。笑おうよ。笑ってよ……」

そんなこと言われても、大人たちのあんな会話を聞いたあとでは難しい。

「この前マンガで読んだんだけどね、笑顔は世界を平和にする魔法なんだって。そのとおりかもって思った。だってそーくんが笑えば、あたしも幸せ。あたしが笑えば、そーくんも幸せ。これってもう世界平和だよね？　さあ一緒に笑おう！　ふはははは〜っ！　なんてどう？」

「……ふははは」

深紅は「だめかあ」と肩を落としたあと、ぽんと両手を叩いた。

「そうだ！　久しぶりにアレやったら、元気になるかな⁉」

「アレって？」

「恋人ごっこ」

本物じゃないけど本物の家族になったあの日から、俺たちはなんとなくそれを避けていた。

もう小学四年にもなった俺たちが、久しぶりにやる恋人ごっこ。

かつては全てを忘れられたその楽しいままごとの最中でも、やっぱり気分は晴れなかった。

「そーくん、そーくんっ！　今年のクリスマスデートはどこに行く⁉」

「ジャングルジムでいいんじゃない」

「ちがうっ！　あたしたちは同棲中のラブラブカップル！　レストランでかんぱいとかする

の！　はい、もうレストランにつきました！　なに注文する、そーくん？」

「……ヤクルト」

深紅は今日何度目かの深いため息をついた。

「もお、ままごとの最中なのに、そーくんってば相変わらず暗いまま」

「ごめんね、みーちゃん。でも僕はやっぱり」

さっきの大人たちの会話が耳から離れない。

みんなうちの母さんのことはもう忘れたような雰囲気で、盛り上がっていた。

父さんも一緒になって。下世話な話も混ぜつつ。みんな酔っ払って大騒ぎをしていた。

まだ幼かった俺には、死んだ母さんが無碍にされているように感じてしまって。

大人たちはどこまでも身勝手だって、強く憤っていたんだ。

深紅は思案を巡らせたあと、「あ、そうだ！」と言って俺を見た。

「ねえ、あたしたちって同棲中のラブラブカップルだよね？」

「うん。これってそういうままごとだったよね」

「というわけで恋人のあたしが、落ち込んでる彼氏に元気をあげる！」

深紅は口元で指を一本立てながら言った。

「内緒で、キスしちゃおうよ、そーくん」

キス。

俺たちはこれまで「ちゅー」と言っていた分、その言葉はやけに生々しく響いた。

恋人ごっこをやらなくなってからの俺たちは、当然ほっぺにキスもしていない。

「えっと……どこに？」

一応聞いてみた。

深紅は当然のように、自分の唇を指でちょんちょん突く。

俺たちは二人とも、もう小学四年生。今年の誕生日で十歳になる。

さすがに恋人じゃない相手とキスをするのはいけないことだって、わかる年齢だった。

わかるからこそ、俺は。

「うん。しようよ。キス」

そう答えていた。

大人に内緒で、こっそりいけないことをする。

父さんたちに対する、ちょっとした反抗みたいなつもりだった。

感覚も麻痺していたんだと思う。俺たちはもうほっぺにキスをしていた仲だから。

「じゃあ、ほんとにするよ？」

「うん」

その小高い裏山の頂上からは、すぐ下に祖父さんの屋敷が見えた。

大人たちが絶賛宴会中の屋敷を横目に、俺たちは身を寄せて——唇を重ね合わせた。

しかもそれは、ただのキスじゃなかった。

「……はぁ……っ……ちゅく……んん……はっ……」

まだ小学生の俺たちは、あえて大人のキスを交わした。

舌と舌をくっつけて、唾液を飲ませ合った。おたがいの体に流れる体液を同じにした。

ドキドキしたりはしなかった。ファーストキスの喜びとかもなかった。

大人たちに隠れてこっそり悪戯を成功させたような、不思議な充足感だけがそこにあった。

どうだ、ざまあみろ。僕たちは内緒で、いけないことをしているぞ。

俺も深紅も、そんな「やってやった感」に包まれていたんだと思う。

身を離しても、俺と深紅は唾液の糸で繋がったままだった。

無言でそれを拭ったあと、俺たちは山の麓で偉そうに構える屋敷を見下ろして。

「……あははっ！　なにこれ！　あたしたち、すっごい悪い子だ！」

「ふふ、ほんとだね！　僕たちって、すごく悪いことしたよね⁉　あはははっ！」

盛大に笑った。

楽しかったんだ。

絶対に褒められたことじゃないけれど。

それでも心の底から楽しくて、痛快で……俺も深紅もずっと笑い転げていた。

笑顔は世界を平和にする魔法。

本当にそのとおりだと思った。

「あははははっ！　楽しいね、そーくんっ！　なんだかすっごく楽しいね！」

「うん！　僕たちはもう兄妹なのに、こんなこと……あははっ！」

「あ」

それまで楽しげに笑っていた深紅が、ふいに固まった。

「そ、そっか。あ、あはは――……えと、だ、だめだった？」

「なにが？」

「だからその……キス。こんなことしちゃったら、あたしとそーくんは、もう兄妹じゃいられなく、なる……？」

確かに兄妹で、家族で、唇同士のキスは普通しない。ましてや、あんなに濃いキスは。

だけど。

これはあくまで、ままごとだ。

今のキスは、恋人ごっこの延長線上にあったもの。

俺たちは兄妹が『本当』で、恋人は『嘘』だ。

「大丈夫だよ。僕とみーちゃんは、なにがあっても兄妹だから」

俺がそう言っても、深紅はまだ怯えた目をしていた。

「……ほんとに？　あたしのこと、そういう意味で、好きになったりしない？」

「そういう意味って？」

「え、えっと……うん、まあ、わからないならいいや！」

深紅は硬い笑顔で流したあと、念を押すように言った。

「……あたし、そーくんとはずっと兄妹でいたいから、一生一緒にいたいから、好きになるのは絶対禁止ね？　そういう『好き』になっちゃったら、もう全部が終わりなの。兄妹でも家族でも、いられなくなっちゃうの。オトナの『好き』は全部を壊しちゃうから」

いまいち意味がわからなかったけど、俺はしっかりと頷いた。

「わかった。そういうスキには絶対にならない」

「……約束だよ？　これ破ったら、あたし泣いちゃうから。思いっきりアッパー打つから」

「うん。約束する。僕はみーちゃんを絶対スキにはなりません」

だって俺も深紅とは兄妹でありたい。恋人ごっこは、あくまでごっこ。スキになったら兄妹じゃなくなるって言うのなら、俺はスキにならなくてもいい。

深紅はもう俺の一番大切な存在。

俺にとって一番大切なのは恋人じゃなくて、兄妹であり、家族だ。

二人で裏山を下りて、屋敷の広い庭を通りかかる。

そこには黄純がいた。

親戚の集まりには一応来てるけど、独特のペースがあって誰とも遊ぼうとしない女の子。

「五匹、六匹、七匹……あ、八匹だ」

黄純は庭の池を指差しながら、なにかを数えていた。

「なにやってるの、黄純ちゃん？」

深紅が話しかけると、黄純はふんわりした笑顔を見せてくる。

「鯉を数えてたんです。え、えと、ふ、ふははは～……なんちゃって」

「ふーん……？」

「と、ところで二人は、今どこでなにをしてたんですかっ⁉」

答えに窮した俺が深紅をチラ見すると、奴は笑顔で黄純に言った。

「ナイショ」

黄純は親戚会が終わったら、いつも親と一緒にさっさと帰ってしまう奴だった。だけどこのときの夏休みからは、残留組の子どもたちにまじって、祖父さんの屋敷に残るようになった。

だからといって、やっぱり誰かと遊んだりするわけでもなく。俺たちが誘っても断るばっかりで。黄純はとくになにもしないまま、休みの終わり頃までずっと一人で過ごしていた。

それからの俺と深紅はというと。

別にキスをしたところで関係が変わるわけもなく、普段どおりに遊んでいた。

ただ俺自身には少しだけ、変化があった。

「あはははっ！　みーちゃんって相変わらず格ゲー弱いな！　また僕の勝ちだ！」

「いやそーくん、それハメ技だから！　せこすぎるから！」

初めてキスをしたあの日から、俺は明るく振る舞うようになっていた。

「うおっ⁉　僕のハメ技が破られた⁉」

「ふふん。あたしに同じ手は何度も通用しないのだよ！」

だって俺が笑えば、深紅も笑ってくれるから。

変化といえばもうひとつ。

小四の秋、父さんが再婚した。

相手は例の恋人で、名前は美咲さん。

こうして俺には新しい母さんができたんだ。

「蒼一朗くん。今日からよろしくね？」

この時点で俺にはもう、複雑な思いはなかった。

死んだ母さんだってきっと、父さんの再婚相手にもちゃんと家族として接しなさいって言うだろうし。だから俺は努めて明るく出迎えた。

「はい！　父さんともども、今日からよろしくお願いします、美咲さん！」

ただ「母さん」と呼ぶことだけはできなかった俺は、やっぱりガキだろうか。

でも美咲さんのことは、ちゃんと母親として受け入れていたぞ。

父さんと美咲さんの間には、結婚後すぐに赤ちゃんが産まれた。俺と腹違いの妹、翠だ。

俺は新しい妹の翠のことも、紅子と同じように溺愛した。もう超かわいいんだもん。

それ自体は幸せすぎて死ねるレベルだったんだけど、翠が産まれてからは、

「なあ。蒼一朗の授業参観、なんとか行ってやれないのか。翠は誰かに預かってもらって」

「私もそうしたいけど、さすがに……翠はまだ産まれたばっかりなのよ？」

父さんと美咲さんが、ちょっとした小競り合いをする場面がちらほらあった。

もちろん俺はそういうときも、

「ふははは！　父さん、美咲さんの言うとおりだよ。だいたい俺だって授業参観に来られるとか、恥ずかしくて嫌だから！」

笑って仲裁に入っていた。

俺が笑っていれば、父さんも美咲さんも揉めたりはしない。むしろ笑ってくれる。

家族が笑顔なら、世界はいつだって平和だ。

「でもお前だけ授業参観で親が来てないってなると」

「いいんだって。そんなことより父さん、次の俺の誕生日は――」

「お、ちょっと待て。翠が泣き出した。どした翠ぃ？」

「はいはい翠ちゃ～ん、ママでちゅよ～。あなたのパパとママはここでちゅよ～」

笑顔は世界を平和にする魔法。

だから俺は笑い続ける。

「ふはははは」

うなじが妙にぴりぴりした。

ごしごしごしごし……。

翠は産まれたときから病弱だったこともあって、うちは以前のように田舎の親戚会にはあまり顔を出せなくなっていた。

「蒼一朗も来年は中学生になるわけだし、今年の冬休みはもう一人で行ってきていいぞ？ こっちは三人で適当に過ごすから、お前は祖父さんの屋敷でのんびり正月を満喫してこい」

父さんにはそう言われてたんだけど、俺一人で行くのはどこか気が引けて。

「いや、みんなが行かないなら、俺も行かないって！　正月は家族四人で過ごそうぜ！」

「でも私たちは翠にかかりきりになっちゃうし、やっぱり蒼一朗くんは一人で……」

「もう美咲さんまで、そんなに気を遣わないでくださいよ！　ふははは……」

深紅の家も小五になってからは、親戚会には顔を出さなくなっていたこともある。だったら余計に、わざわざ俺が一人で行く理由はなかった。

当時の俺はまだスマホを持ってなかったんで、深紅と連絡を取り合ったりすることもなく。

深紅の家には一度だけ電話したことがあるんだけど、知らない男の人に対応されて以来、なんとなく連絡しづらくなって。

俺は深紅と距離ができたまま、やがて中学生になる。

中学時代の俺はそれなりに楽しくやっていた。明るいキャラも確立できたおかげか、人並みに恋とかもした。フラれてばかりだったけど、ちゃんと笑ってやったさ。

そして中学を卒業する頃……俺は実家を離れることにした。

もちろん美咲さんと仲が悪くなったとか、そういうことじゃない。むしろこれは家族を守るために決断したことで――と、まあ俺にもいろいろ考える部分があったんだよ。

家族と離れるのは少し寂しかったけど、俺はすぐに大丈夫だと思い直した。

だって俺には、ほかにも家族がいるから。

新しい家には、かつて兄妹の誓いを交わした大事な妹がいるから。

こうして俺は、高校進学と同時に、アヤ兄のシェアハウスにやってきた。

家庭の事情で中三からそこで暮らしていた深紅と、約五年ぶりの再会を果たす。

「あ、えと……えへへ。久しぶりだね、そーくん……じゃなくて、そ、蒼一朗？」

「おう……元気だったか……あー、み、深紅？」

「──ぷっ。なーんか下の名前で呼ぶの照れ臭いぞ！」

「はは、そうだな……あはは、深紅だ……ほんとに、深紅だ。あはっ……」

「もう〜、なに泣いてんの。また蒼一朗に会えて嬉しいな。嬉しいなっ！　……ぐす」

最初はちょっとぎこちなかったけど、すぐにまた元の二人に戻ることができた。

深紅はまた俺に会えたことをとても喜んでくれたし、俺だってずっと会いたかった。

これからは毎日深紅と一緒にいられるんだって思うと、本当に嬉しかった。

朝は二人で学校に行って、夜も二人で遅くまで遊んで。

会えなかった五年間の空白を埋めるように、俺たちはたくさんたくさん話をした。

昔はよく一緒にままごとをしたよねえ。

あれはすげー楽しかったなあ。

そんな思い出話だって、毎日のようにした。

やがてそれは、こういう話になる。


「ねえ蒼一朗。久々に恋人ごっこ、してみたくならん？」

「お、懐かしいな。やろうやろう」


平然と。

まるで当然の帰結かのように。

たぶん絶対変なのに、俺と深紅は高校生でまた、ままごとをすることになったんだ。

もう深紅には彼氏がいるって聞いていたにもかかわらず。

もう俺たちは子どもじゃなくて、大人になり始めていたにもかかわらず。

限りなく本物になりきるけど、決して本気になってはならないごっこ遊びを、また始めることになったんだ。

この歳でそれをやることは、とても大きな危険がはらんでいるとも知らずに――。

第六話

虚構に執心する彼女

This is
just a
play house

「というわけで俺、今度は一週間くらい帰ってこねーから。ケンカすんなよお前ら？」

「しないっての。ね、蒼一朗？」

「おう」

写真家のアヤ兄がまた泊まり仕事で出かけるため、しばらく俺と深紅の二人だけで過ごすことになった。

高校一年の男女がシェアハウスで二人きり。

こんなのもう、ドッキドキのシチュエーション――なわけがない。

俺と深紅は本物じゃないけど本物の兄妹なんだから。

まあ一瞬だけ、勘違いしそうにはなったよ。あの夕暮れの岬で、深紅と何年かぶりにキスをしてしまったとき……俺は深紅のことが『好き』なのかもって考えたりした。

でもやっぱりそれは、ただの気のせいだった。

あのときは虚構と現実が、ちょっとごっちゃになっただけだ。

つまり深紅の演技が凄すぎて、俺たちは本当に恋人同士なんだって思い込まされただけ。

事実、俺はあのあとすぐ元の精神状態に戻った。恋人役の練習と称したままごとだってあれから何度もやってるけど、もう耐性がついたのか妙な感覚になることは二度となかった。

てゆーか、当たり前だっての。

そもそも家族相手にガチ恋なんて、するわけがないんだから。

「んじゃ、おやすみ」「おう、おやすみ」

「ふわあ～……おはよう」「よっ。おはよう」

おたがいの笑顔で一日が終わり、そしてまたおたがいの笑顔で一日が始まる。こういう関係を家族っていうんだと思う。

だったら俺たちはどこからどう見ても、とっても穏やかな家族だった。


その夜もおたがい、一階リビングのソファーにいた。

深紅はせんべいを食いながらドラマを見ていて、俺は横でスマホをいじっている。

会話はとくにないけど、まったく気にならない。この落ち着きが家庭ってやつだ。

なんとなくテレビに目を向けると、ちょうどこんなシーンがやっていた。

『カナちゃん、口紅の色変えたんだ。すごく似合ってるよ』

『気づいてくれたんですか⁉　主任が好きって言ってた色に変えてみたんです！』

『それは嬉しいな。ところでカナちゃんは、口紅ってなんのためにあるか知ってる？』

『え……？』

『口紅はね──男の唇に押しつけるためにあるんだよ』

『あ、待って主任……だめ、です……』

ちゅむっ。

……なんだこのクソ寒いドラマは。茶の間が凍りつくわ。

なあ深紅？　と同意を求めて隣を見ると。

奴は食べかけのせんべいを持ったまま、あんぐりと口を開けてテレビに見入っていた。

そして俺に振り返って、薄気味悪い笑み。

「……口紅って、男の唇に押しつけるためにあるんだって」

なんとなく嫌な予感がした。

「はは。そんなの現実で言う奴がいたら、全力でチョップだな。チャンネル変えるぞー？」

「ところであたし、最近演技がよくなったって言われるんだ。恋する女の表現力が上がってきてるって。蒼一朗とキスをしたことが、演技のヒントに繋がったでござるよ？」

「……なにが言いたいんだよ。あとその語尾やめ」

「もう一度、キスがしてみたいでござる」

——嫌な予感が当たった。

あの岬でキスをして以来、俺たちの恋人ごっこにキスはなかった。

当たり前だ。あの日だけが特別に変だったんだ。

あれから俺たちがやっていたのは、腕を組んで歩いてみたり、即興で恋人っぽい会話をしてみたりするだけ。いつものままごとと大差はない。

でも深紅はやっぱりそれだけじゃ飽き足らず、またあの特別に変なことをしたいと言う。

「というわけで、ちょっと待ってて！」

ソファーから立ち上がった深紅は、二階に駆け上がっていった。

口紅を片手に、リビングに戻ってくる。

「これ試供品なんだけど、残しといてよかったわ。あたし普段口紅なんか使わんから」

反転させたスマホのカメラを鏡代わりにして、そのピンクのルージュを唇に引いていく。

本当にまた、するつもりなのか——俺とキスを。

「なあ深紅……」

「んー？」

もうキスはやめとこうぜ。

そのたった一言が、なぜか出てこない。

深紅は口紅を塗りながら、横目で遠慮がちに見つめてきた。

「あ、もしかして……嫌？」

嫌じゃないんだ。

決して嫌じゃないから困ってるんだよ。

「違ったらごめんだけど、これ以上キスしたら、どこかで本気になっちゃいそう、とか？　だったら、あたしは別に……」

「は、ははっ。なに言ってんだ」

しゅんとなっている深紅を安心させるように、俺は言った。

「小さい頃に言っただろ。俺たちはなにがあっても兄妹だって。そういう意味で『好き』には絶対にならないって。本気になんて、なるわけがないじゃん」

「じゃあ……キスしても、大丈夫なの？」

それは話が別だ。ダメに決まってるだろ。

深紅には彼氏がいるんだから。

「あのさ。赤井先輩とは、したことないって……言ってたよな」

「キスのこと？　うん。そんな雰囲気になったこともないよ。だから蒼一朗じゃなきゃだめなんだけど……」

「なんで俺とはその、そんなに平気で、キスができるんだ」

「え？　なんでって。兄妹だから、じゃないの？」

深紅は不思議そうに首を傾げている。

「兄妹だと……いい、のか？」

「逆になんでだめなん？」

……なんでだろう。よくわからなくなってきた。

確かに兄妹間でいくらキスをしたところで、おたがい本気になるわけがないんだし。

それに兄妹でのキスなら、浮気ですらない……よな？

だから俺は、笑いながら言ってやった。

「よ、よし、いいぞ！　俺でよければいくらでも練習台に使え！」

だいたいこの流れでキスを断ったら、深紅に対して「本気になる可能性があります」と認めるようなものだろ。自分は異性として見られているんだと思われたら最後、俺たちはもう兄妹じゃいられなくなる。この絶対の信頼関係にヒビが入る。

「……ほんとにキスしても、いいの？　嫌じゃない？」

「おいおい。自分で言っといて、なに遠慮してんだ。だってこれは……ままごとじゃないか」

そう。これはあくまで、ままごと。恋人ごっこ。深紅の表現力向上のための練習。

「じゃあ……お言葉に甘えちゃうぞ？」

ピンクの口紅を引き終えた深紅が、体ごとこっちに向き直る。

口紅を塗った深紅なんて普段見慣れてないせいか、微笑まれただけでもう惹き込まれた。

こいつが全身で表現する、とびっきりの虚構世界に。

赤井先輩の顔が一瞬、脳裏をチラついた。だけどその嘘の世界では、本当の恋人の存在など舞台の外に弾き飛ばされてしまう。

「さっきのドラマみたいにやってみよ？　最初はそーくんのセリフからお願い」

「ああ……え、えっと、みーちゃん、口紅の色変えたんだ。すごく似合ってるよ」

「気づいてくれたの⁉　そーくんが好きって言ってた色に変えてみたの！」

「気づくもなにも、俺の目の前で塗ってたからな」

「うふ。そうだったね。でも彼氏に似合ってるって言われたら、嘘でも嬉しいよ」

「…………」

わざと茶々を入れてみたのに、深紅の堅牢な虚構世界はもうビクともしない。

──俺たちは兄妹が『本当』で、恋人は『嘘』だ。そこは絶対に間違えるな。

「そーくん、知ってる？　口紅っていうのはね、男の唇に押しつけるためにあるんだよ」

「あ、あれ？　それって俺が言うセリフじゃ……？」

「もうセリフとかいいわ。この口紅、そーくんの唇に、押しつけてあ・げ・る♪」

また現実と虚構の区別がつかなくなるようなことを言って──。

深紅は俺の唇に、自分の唇をぶつけてきた。

しかもそれは、前のような軽いキスじゃなかった。

「んん……っ！　ま、待って深紅、なんで——んむっ⁉」

「押しつけるって……はぁっ……言ったじゃん……ちゅ……」

唇でついばむように挟んだり、そっと吸ってきたり。

俺の唇に、ほんのり甘い口紅を、たっぷりと塗りつけてくる。

俺の頬や鼻頭、瞼など、顔中のいたるところにも、その柔らかい唇で吸いついてくる。

アタマが馬鹿になりそうだった。

「スキだよ、そーくん……本当にスキ……スキ……」

そしてその単語がまた、俺の脳を容赦なく犯してくる——。

俺は中学時代、人並みに恋をしてきた。友達に背中を押されて女子に告白したこともある。

だけど。

——え？　私のことが好きって……冗談だよね、枕木くん？

——ふははは！　やっぱバレた？　もちろん冗談だよ。

——あは。もお、そんなドッキリやめてよ～。でも嘘でよかった。ふるのも神経使うもん。

本当は一世一代の告白だった。

気まずくなるのが嫌だから、俺はその本当を嘘にすり替えて、笑って流しただけ。

俺は生まれてこのかた、女の子から「好き」って言われたことが一度もない。

だからこそ。

「スキ……スキ……スキ……スキ……スキ……スキ……」

たとえ嘘だとわかっていても。

その言葉を使われたら、アタマがバグる。

女の子から『好き』と言われたことがない男にとって、それは脳を溶かす悪魔の呪文だ。

でもおかしいぞ。前までは深紅に言われたところで、なにも思わなかったのに。

やっぱり俺、もう深紅のことが、本気で好きなんじゃ……？

違う違う。それは今だけの『嘘』の感情だ。

だけど――これ以上はまずい。これ以上は嘘が現実を食い破ってきそうで、怖い。

俺が妹相手に、本気で■をしてしまう――。

かたかたかたかた……。

恐ろしくて、指先が小さく震える。深紅はそんなものに気づかない。

「スキだよ、そーくん……んちゅっ……スキなの……はぁ……っ」

深紅の嘘に丸ごと飲み込まれてしまいそうな恐怖感。

だけど頭の片隅にあるのは、疑う余地もない多幸感。

恐怖は肥大化した幸福に押し負けて、俺は自ら積極的にキスを求めにいく。

「……みーちゃん、スキだ……俺もスキだ……んむっ……」

彼氏がいることも忘れて、ひたすら唇を貪り合う。

みーちゃんはやっと身を離して、俺を解放してくれた。

「……うん。今回もすっごく参考になったな……蒼一朗、ありがと！」

「…………」

「蒼一朗？」

もう一度呼びかけられて、幻想の彼方にいた俺はやっと現実に帰ってきた。

「お、おう。その……参考になったなら、よかったよ」

「うん！　今の感覚、忘れないうちにメモしときたいから、あたし部屋に戻るね！　じゃ！」

深紅は片手をあげると、満面の笑みで退散していく。

ぶっちゅーって濃厚なキスをした直後なのに、去り際は呆気ないもの。本物の恋人じゃないんだから、余韻に浸る必要もない。

リビングに残されたのは俺と、俺の顔中に塗りつけられた虚構世界の残滓だけだった。

顔を洗ったあと、そのまま一人、リビングでぼーっとしていた。

人差し指と中指で、自分の唇をぷにっと押す。それだけでさっきのキスの感触が、生々しく蘇(よみがえ)ってきた。

胸が激しく高鳴る。すごくドキドキする。

それは甘く切ない脈動で――って、だから違うっての。

「これは恋人ごっこに引っ張られてるだけの嘘(うそ)の感情だ。本気にしたら……駄目だろ」

俺たちはどっちも恋愛感情が一切(いっさい)なかったから、仲良し兄妹でいられたんだ。片方が本気になってしまえば、もう今までのような関係じゃいられなくなる。それだけは絶対に嫌(いや)だ。

だけど。

これはあくまで「もしかして」の話だけど。

むしろ深紅のほうこそ、俺のことが好きって可能性はないか？

だって普通、なんとも思ってない男と、あんなキスができるか？

しかもあいつ、赤井先輩とはキスをしたことがないって言うんだぞ。

深紅があんなことをする相手は俺だけ……じゃあこれって、やっぱり。

「……遠回しに……なんとか確認、できないかな……」

深紅は俺のことが好きなのかどうか。

どうやって確認すればいいのかは、わからないけど。

もしそうだと判明した場合も、やっぱりどうすればいいのか、わからないけど。

とにかくモヤモヤしていた俺は、なんでもいいから深紅と話がしたいと思った。


「なあ深紅、ちょっといいか？」

二階の八号室、深紅の部屋をノックしたけど——反応なし。

なんかメモにまとめるとか言ってたから、その作業に集中しているのかもしれない。

遠慮がちにドアを押し開ける。

「深紅？　あのさ、ちょっと話でも……って、マジでいないのか」

電気はつけっぱなし。でも深紅の姿はない。

どこに行ったんだろ。とりあえず中で待たせてもらうか。

主人がいないその部屋でとくに目を引くのは、壁一面に置かれたデカい書架だ。

マンガや小説、絵本とかにまじって、分厚い専門書がずらりと並んでいる。

『メソッド演技論考察』

『スタニスラフスキー・システムの概論』

『役のまま生きる』

どれも小難しいタイトルの背表紙。たぶん演劇関連の本だろう。あとは映画のブルーレイとかDVDがちらほら。

「……相変わらず量すごいな。もういい感じのオタク部屋じゃん」

「ほとんど中古か、もらいものだけどね」

振り返ると部屋の入り口に、深紅が立っていた。

「勝手に人の部屋に入ってパンツ漁るってどうなん？　欲しいなら素直にそう言え」

「パンツは漁ってない。てかどこ行ってたんだよ」

「おしっこ」

平然と言い放つ。俺たちは今さらそんなことで恥ずかしがるような間柄じゃない。

「そだ。さっきは口紅拭いてあげなくてごめんね？　顔中にキスマークつけちゃったもんね」

「それはまあ……別にいいんだけど」

照れた顔を見られたくなくて、書架に並ぶ映画のブルーレイに目を向けた。

適当な一本を手に取ってみる。

「こういうのって、サブスクで全部観れるんじゃないの？」

「ないやつのほうが多いんだぞ。あんたが持ってるそれだって、マイナーなカナダ映画だからどのサブスクにもない。でもガチで名作！　もう『あがが～』って腰抜かすレベル！」

「へえ。気になるな。今度一緒に観ようぜ」

「いいけど、それ輸入盤だから、日本語の吹き替えも字幕もないぞ？」

「ああ、間違って買っちゃったのか？　だったら返品すればいいのに」

「ううん。ちゃんと観てるよ。あたし英語わかるから」

……ん？

「おいおい。深紅って英語できたのかよ。いつの間に勉強したんだ」

「演劇を始めて、ちょっと経ってからだから……半年くらい前？」

首を傾げながら、深紅はさらっと言った。

「ほら、役者のセリフって吹き替えなしで理解できたほうが、演技の勉強になりそうじゃん？だから英語を習得してみました。あたしはもう外国のオペラだって翻訳なしで観られるぞん」

待て。ちょっと待て。

「……たった半年で、字幕も吹き替えもナシで、洋画を観られるようになった、だって？」

「うん」

簡単に言ってのける。

「ちなみに今はフランス語を勉強してるんだ。フランスって舞台芸術がすごいから。あとヨーロッパは古典映画もいいよね。ルキノ・ヴィスコンティ監督の『山猫』に出てくる名言知ってる？　ずっと変わりたくなければ、変わり続けなければならない――これをフランス語で言うと、シヌー、ヴ……」

「は、はは。セリフとかも、ばっちり覚えてるんだ」

「もちろん。あたし観た映画のセリフは、演技の注釈つきでノートに書き出してるから。そろそろ押し入れがやばいんだよね」

俺はまだ甘く見ていた。

姫芭蕉深紅という天才――いや、異次元人を。

「まあ、ワークショップに来てる人たちにも『そこまでする必要あるの～？』って言われたことあるんだけど、正直虫唾が走るよね。だってあの人たち、芝居で食べていけるならなんでもするって豪語してるんだよ？　なんでもするって、なにをやってるんだろ」

こいつは決して勉強ができるほうじゃない。でもそれはただ興味がないだけなんだ。

深紅は本気でなにかに執着したとき、異常なほどの集中力を発揮する。寝る間も惜しんで、ほかは一切見えなくなって。ただ目の前のことだけに集中して、執拗に執拗に単調な反復練習を繰り返す。そして階段飛ばしで、どんどん成長していく。

それが姫芭蕉深紅という女だった。

「……深紅がそこまで、演劇に必死になる理由って、なんだ……？」

「え？　本気で役者になりたいからだけど？」

当たり前でしょ、と言わんばかりの答えが返ってきた。

「でもまあ、見せつけてやりたいって部分もあるのかも。女を作って出ていったパパと、簡単にそれを受け入れちゃったママに。あなたたちのせいで寂しく育った深紅ちゃんは、いま舞台の上でこんなにも輝いてますよ～って」

深紅の家は小学三年頃に両親が離婚して、母子家庭になった。そこから先は知らない。

「女を作って、出ていった……？」

「うん。離婚の原因は、結局パパの浮気だったの。あのときママは『本気で好きだから別れるんだ〜』とか言ってたけどさ、意味わかんないよね。だったら自分が別れるんじゃなくて相手の女を別れさせろっての。それができてたら、きっとママも、あんなことには……」

そこで一旦言葉を止めると、にっこり笑った。

「ママはね。パパと離婚してから、おかしくなっちゃったんだ。新しい男を作っては別れ、作っては別れを繰り返すようになった。娘のあたしを二の次にしてまで、自分の恋とやらを追いかける変な女になっちゃったの。もうすごいよ？　家中めっちゃ生臭いときとかあったんだから。ま、どれだけ男と愛し合っても、最後には絶対別れて泣くんだけどね、うちのママ」

「そ、そうなんだ……深紅のお母さんが……」

「びっくりっしょ？　ちなみに男と別れたときのママのセリフは、いつも同じ。『本気で好きだから離れるしかなかった』だって。これまじでなんなん？　じゃあ最初から誰も好きになんてならなきゃいいのに。そしたら別れて泣くこともなくね？」

「…………」

「それでもママは懲りずに、また新しい男を好きになるの。で、最後は結局『好きだから離れるしかない』らしくて、大泣きするの。本当にわけがわからんよ。ねえ蒼一朗。好きって一体なんなんだろうね？」

「さ、さあ……？　それは深紅のほうが、よく知ってるんじゃないのか」

「まあ、あたしには一応、まだ彼氏がいるからな？」

深紅はため息まじりで言う。

「でもママみたいな『好き』は全然わかんない。もちろんパパの『好き』も全然わかんない。だって二人ともイカれてるじゃん。パパの『好き』は家庭を壊して、ママの『好き』は自分を壊して。すごく暴力的で自制も効かない、怪物みたいな感情だよ。仮にそんな不快なものを恋って呼ぶのなら、あたしはまだ恋を知らないし、一生知りたくもないかなあ」

怪物みたいな感情。

その言葉は妙に耳に残った。

「とにかくあたしは、絶対役者になるからな！　娘のあたしより自分たちのおかしな恋を優先しちゃったパパとママに、舞台で輝いてるあたしの姿を見せつけてやるの！　そのために勉強が必要なら、語学でも歴史でも全部満点を取ってみせるし、恋する女の演技だって絶対に克服する！　あたしはなんでもするぞ！　本当になんでもやってみせるぞっ！」

「はは……し、知ってる……さっきも俺に、ぶっちゅーってキスしたくらいだし……」

俺はもう、はっきりとわかってしまった。

深紅は俺のことが好きなのかも、なんて考えたりしたけど、とんでもない勘違いだった。

「うん。ぶっちゅーってしたな? 確かにキモチよかったし、恋する女はあれで幸せを感じるんだろうね。だとすれば表現方法はわかってきた。恋人を見つめるときの視線は、キスのときと同じで絶対にまっすぐ。まばたきの回数も少なめ。ちょっと目を潤ませてもいいな。脈拍の上昇は呼吸を浅くすることで……あ、手の位置も大事だ。この辺?」

こいつは俺に、恋愛感情なんて微塵もない。

芝居の糧になるなら、本当になんでもする女だった。

「その……深紅は俺とあそこまですることに、ちょっとぐらいは抵抗、ないのか……?」

「全然?」

深紅は真正面から微笑んだ。

「あたしってアタマおかしいのかな?」

●

第七話

本当を暴く彼女

This is just a play house

朝食の準備をしていると、深紅がジョギングから帰ってきた。

「ただいマックイーンっ！」

こいつは毎朝六キロのジョギングを欠かさない。役者は体力仕事だからだそうだ。

「ちなみにマックイーンってのは、あたしが敬愛する俳優、スティーブ・マックイーンな」

「ごめん。知らん」

「てかまじ暑ぃわ～。まだ五月だってのに、なんだこれ。あちー、あちー」

汗が沁みたTシャツを裾でぱたぱたする。張り出した胸がぷるぷる揺れて妙にエロい。

「あたし、ご飯の前にシャワー浴びてくるね～」

言いながら深紅は、その場でTシャツを脱ぎ出した。

「お、おい、ここで脱ぐな。はしたないぞ」

「だってベタついて気持ち悪いんだもん」

パンツとブラジャーだけの半裸姿になって、浴室に向かう深紅。俺に見られていても関係ない。こいつは俺に兄妹以上の感情をもってないんだから。

昨日の濃厚なキスだって、表現力の向上が目的だっただけ。深紅は芝居に対して異常なほど執着していて、芝居の糧になるなら本当になんでもする女だった。

だから俺は……昨晩よく考えた末に、決めたことがある。

「あ、そうそう」

廊下の角から、深紅が顔だけをひょこっと出してきた。その肩にはもうブラ紐がない。

「昨日あたしの部屋に来たのって、なんか話があったからじゃないの？」

「ああ、昨日はうやむやになっちゃったけど、俺、美術部に入ろうかなって相談がしたくて」

嘘だけど、これはどっちみち言おうと思っていたことだ。

「え、いいじゃん。入りなよ。あんた絵、好きなんだし」

「でも俺が部活を始めたら、もう深紅の練習に付き合ってやれなくなるかもだぞ？　たぶん家でも制作に没頭すると思うし」

「気にすんな！　もう十分付き合ってもらったし、あんたは自分のやりたいこと優先して！」

俺が昨晩決めたこと——それは深紅との恋人ごっこを、一旦中止にするということだ。

自分から練習台になってやると言った手前、ちょっと心苦しいんだけど。

遊びでやってるときは全然よかった。でも深紅がガチで俺の恋人を演じるようになった今、その凄まじい演技のせいで、俺はなんだか本当に愛を囁かれてるような気になるんだよ。しかもこいつは、役作りに繋がるなら躊躇なくキスまでしてくる奴だから——俺は深紅に対して、正直変な感情が生まれつつあった。

ただの錯覚だと思うけど、もしこれが恋愛感情の類いだとしたら……真剣にまずい。そんな感情が爆発してしまえば、俺たちの兄妹関係はもう終わりだ。

だからまだ引き返せる今のうちに、あんな危ないままごとはやめるべきだと判断した。

直球で深紅に「もうやめたい」なんて言えば理由を聞かれるだろうから、言い訳を用意することにした。それで美術部だ。もともと入りたいと思っていたのは本当だしな。

「美術部に入るのはいいけど、あたしの舞台は絶対観にこいよ？　これ絶対な！」

「はは、当たり前だろ。楽しみにしてるよ」

美術部に入ろうと思った理由は、ほかにもあった。

なんだかんだで俺は、深紅が眩しかったんだよ。

たとえ歪でもやりたいことが明確で、情熱をもって目標に向かっているその姿が。

「じゃ、あたし先行くね～。戸締まりはよろしく！」

「あ、ちょっと待ってくれよ……もう」

未来の天才俳優の深紅は、いつも早い時間に登校する。授業が始まる前に部室で基礎練をするのが毎日のルーティンだからだ。

俺も基本的には同じ時間に出るんだけど、今日は準備がもたついてしまった。今シェアハウスには俺たち二人しかいないんで、念入りに戸締まりを確認してから俺も出発する。

深紅は走って学校に行ったらしく、後発の俺がやっとその背中を見つけたときは、もう学校の正門だった。

登校中の生徒たちが次々と正門の内側に吸い込まれていくなか、
深紅はその脇で、一人の男子生徒と話し込んでいた。

「頼むよ深紅ちゃん！　お願いだから、僕と付き合ってってば！」

「だからさあ、前にお断りしたよね？　友達で許してって」

あの男は……前に昼休みの教室で深紅に告白してた、ハンドボール部の奴だな。

もちろん登校中の生徒たちにも見られている。全員が漏れなく「また姫芭蕉さんが告白されてるｗｗ」って感じの含み笑いだ。

「僕は深紅ちゃんを世界で一番愛してるんだ！　だから僕と付き合ってよ！」

「や、あたしのことなんも知らんくせに、愛してるって……とりあえず、どいて？」

「君がッ！　頷くまで、告るのをやめないッ！　好きだ深紅ちゃんッ！」

あいつも大概しつこい奴だな……。

仕方ない。こういうときは割って入ってこいって、前に言われたし。

「おい、そのぐらいで勘弁してやってくれ。深紅が困ってるだろ」

俺が仲裁に入ると、ハンド部の男は目をひん剥いてこっちを見た。

「深紅ちゃんを、呼び捨て、だと……？　だ、誰だお前は⁉　まさか噂の彼氏か⁉」

「ああ。俺が深紅の彼氏」

「マジでっ⁉」

ハンド部の男と同時に、俺の後ろにいる深紅も「えっ」と小さく声をあげていた。

勝手に彼氏を名乗って怒ってるかな。でもこの状況だし、多少の嘘は許してもらおう。

「こ、こんな冴えない奴が、深紅ちゃんの彼氏だなんて……！　く、くそお！　お前の名前で地下アイドルに殺害予告を送ってやるからな！」

ハンド部の男は悔しそうに走り去っていった。

「……なんてタチの悪い奴だ」

「んふ。冴えない奴だってさ、そーくん♪」

「うるせ」

笑顔で回り込んできた深紅が、ままごとモードになって俺と手を繋ごうとした。

でもそれは直前で、さっと引っ込められる。

「姫芭蕉さん。大丈夫だった？」

赤井先輩が姿を見せたからだ。もちろん深紅は平然と振る舞う。

「あ、先輩。おはようございます。あたしは全然大丈夫ですよ」

「ごめんね。僕も仲裁に入ろうとしたんだけど、先に枕木くんが動いちゃったから」

うわ、今の場面、赤井先輩にも見られていたのか……。

「むしろ俺のほうこそすいません。勝手に深紅の彼氏なんて名乗っちゃって」

「ところで姫芭蕉さん。ちょっと話したいことがあるんだけど、いいかな」

赤井先輩は俺を無視して、深紅にそう言った。

「え、今ですか？」

「ああ。すぐに終わる話だよ。できれば二人きりで話したいんだけど」

……つまり俺は席を外せってことか。まあ彼氏彼女の話なら、部外者の俺は邪魔だよな。

「そんじゃ深紅、俺、先に教室に行ってるから」

「うん……またあとで、ね」

深紅は少し困った顔で俺を見ていた。

ちなみに赤井先輩は、最後まで俺を一度たりとも見なかった。

一人で教室に向かっている途中、校舎の廊下で珍しい奴に声をかけられた。

「蒼一朗さんっ！　おっはようございま〜す！」

黄色いリボンつきのカチューシャを乗せたボブ幼女、黄純だ。

「にゃはは〜。さっきの見ちゃいましたよお〜？　やっぱり蒼一朗さんってば、深紅ちゃんの彼氏だったんじゃないですかあ」

うぐ、こいつにも見られてたのか。まあ正門では結構騒ぎになってたもんな。

「あれは違うんだよ。深紅がしつこい男に絡まれてたから、咄嗟に」

「んん～？　じゃあ結局、二人は付き合ってないってことですか？」

「悪いな、親戚の面白ネタを提供できなくて。あ、そうだ黄純。ちょうどいいわ」

ついでに美術部に入ることにした件も、ここで伝えておく。

「えっ、ほんとですか⁉　ほんとに入部してくれるんですか⁉」

そのまま黄純から美術部の説明を受けていると、深紅からのメッセージが届いた。

深紅【体育館裏にいるぞ】

やっぱり超端的な一文。もちろん「来い」って意味だ。

黄純の説明もちょうど一段落したところなんで、行ってやることにする。

「じゃあ黄純。俺、深紅に呼ばれてるから行くわ。今日の放課後から、よろしくな」

「は～い。お待ちしてますね～♪」

体育館の裏では塀の前に座り込んでいた深紅が、一人でスマホをいじっていた。

俺の姿に気づくなり、スマホをポケットに戻して笑顔になる。

「悪いのう。朝のホームルーム前に呼び出して。真面目な貴様は遅刻したくなかろ？」

「別に真面目じゃないけど、クラス委員だからな。用件は早めに済ませてくれ」

「うん。あのね、今ネットで見たんだけどさ、餃子のタレってじつは意外なものも使えるんだって。たとえば」

「乗っかる前に確認するわ。その話を広げていいんだな？　俺は予鈴が鳴ったら容赦なく教室に戻るけど、本当に餃子のタレの話でいいんだな？」

「あかん……」

変な時間稼ぎをするな。俺だって呼び出された用件は、なんとなくわかってるんだぞ。

「どうせ赤井先輩の話だろ？」

深紅は無言で小さく頷いた。

「もうこっちから聞くけど、なに言われたんだよ？」

「告られた」

どくん、と心臓が鳴った。

正直、告白は予想外だった。てっきり俺について、なんか言われたのかとばかり……。

「あと先輩から伝言。さっきはあんたに冷たい態度を取っちゃってごめんって」

「いやそんな……」

むしろ俺のほうこそ謝るべきなのに。

俺は赤井先輩に、謝っても謝りきれないことをしてるのに……。

「あんたが人前であたしの彼氏を名乗ったとき、先輩はすごく焦ったんだって。だからもう今のうちに告白しておかないと後悔するって……思ったらしいの」

「……それでその、赤井先輩の告白っていうのは、やっぱり」

深紅は目を伏せて、弱々しく口にする。

「距離を置こうって言葉は撤回したい、ちゃんとヨリを戻したいって、言われた」

また心臓がどくんと脈打つ。鈍い痛みを伴って。

「先輩はこうも言ったよ。これで断られたら、もう二度と近づかないって。演劇を辞めるつもりはないけど、部活は辞めるって。あたしと一緒のワークショップにいるのもつらいから、別の演劇ワークショップに行くって」

俺はなにも言えなかった。

言葉が見つからなかったんじゃない。口の中がカラカラに渇いて、声が出なかったんだ。

「あたしがね、『もし断ったら、もう友達でもいられないんですか？』って聞いたら、先輩は無理だって言うの。本気で好きだから、離れるしかないんだ……って」

それは深紅が母親から、ずっと聞かされ続けてきた言葉だった。

「赤井先輩とはさ。あたしが中三のときに同じワークショップで出会って以来、ずっと仲良くしてたんだ。一緒に舞台を観に行ったり、買い物したり、オンラインでゲームしたり。あたしってあんまり友達がいないから、楽しかったんだよ」

「あ、ああ……だから、付き合ったんだよな」

「うん。でもここであたしがヨリを戻さない道を選んだら、もうそれも全部できなくなるみたい。あんなに仲良くしてた間柄でも、あっさり他人になっちゃうんだね」

「ヨリを戻さないつもり、なのか……先輩とは……」

「……とりあえず、今はプラ犬の舞台に集中したいから、返事は待ってって言った」

「舞台が終わったら、どうするんだ……？」

深紅は隣に立つ俺をチラッと見て、また目を伏せた。

「……どうしたらいいんだろう」

「なんで迷う必要があるんだ。赤井先輩のことは、好き……なんだろ」

「もちろん好きだよ。だからずっと仲良くしていたいのに。でも、なんか……」

「なんか？」

「………ねえ蒼一朗。『好き』ってほんとに、なんなんだろうね」

俺の質問には答えず、別の質問を投げてきた。

「本気で好きだから、離れなきゃいけない。断られたら、もう二度と近づかない……まさかそんなこと言われるなんて。ママの言うとおりだった。やっぱり恋愛の『好き』には、そういう危険性があるんだ。わかってたことだけど、これだから『好き』は、こ、怖いんだよな」

うずくまっていた深紅の全身が、カタカタと震え出す。

「おい深紅。どうした。大丈夫か」

「ず、ずっと仲良くしていたい人との間には、最初から『好き』を入れたらだめ。それが一番安全……こ、これはあたしにかけられた、呪いみたいなもの……」

「呪い？」

深紅はやっぱり答えず、上下の歯を小刻みに鳴らしながら、独り言のように続ける。

「だから本当は、先輩との間にも『好き』を入れたらだめだったのに……こ、こうなる可能性も、少しは考えてたのに……なんであたしは、こ、恋人になんて」

「おい。ちょっとほんとにやばそうだぞ。保健室に行こう。な？」

蠟燭のように顔が白くなっている深紅は、心底怯えた目を俺に向けた。

「ね、ねえ。変なこと聞くけど……蒼一朗はあたしのこと、恋愛対象として見てないよね？」

「え」

胸に突き刺さるような言葉だった。

「だ、だって、改めて思った。やっぱり恋愛感情は、関係を壊すことがある。どれだけ仲良しでも、一歩ズレたら全部リセットされる。片想いとか両想いとか関係なく、『好き』には二人の今までを、全部ブチ壊しちゃう危険性がある……」

「深紅……」

「し、しかも、恋人とか夫婦が一度壊（こわ）れたら、もう二度と元には戻らない。仲良しだった関係が全部嘘（うそ）だったみたいに、た、ただの他人になっちゃうの。ママを見てきたあたしには、よくわかる。ママも、ずっと仲良しだったパパと離婚して、ふ、二人は他人になっちゃった」

異常なほど震えている深紅は、その両目から涙を落とした。

「ずっと仲良くしていたいなら、最初から恋愛感情なんて入れたらだめ……恋人も夫婦も絶対だめ。い、一番安全なのは、兄妹。兄妹には恋愛がないから、絶対に壊（こわ）れない。離れない」

「…………うん」

「だ、だから蒼一朗だけは、どうかあたしをそういう『好き』にはならないで。あたしも絶対にそうはならないから。あ、あたしは正直、それが一番怖い。もし蒼一朗とも『好き』のせいで、今の関係とかいろいろ壊（こわ）れちゃったら……あ、あわわ」

「深紅。大丈夫だ。大丈夫だから。そんなことには絶対ならないから」

「で、でもあたし、怖いと思ってるのに、え、演技の練習で、キスさせてもらってる……それでも蒼一朗は、本気になったり、しない？　あたしのこと、好きにならない？　もしそうなる可能性が、あるなら、あ、あ、あうぅ……」

「あるわけないだろ」

ちゃんと笑ってやる。

「あのな。俺たちは兄妹で、恋人ごっこはあくまでごっこ。ただのままごと。ままごとを本気にする奴なんて、いるわけがないだろ。ましてや兄妹間でラブコメなんて……ははっ」

だってそう言うしかない。

じつは本気になる可能性があるどころか、もう本気になりかけてるかも、なんて……こんなにも怯えている深紅に言えるわけがない。

深紅は俺との間に、恋愛感情が介入することを恐れている。それはつまり、俺を本当の兄妹だと思ってくれていることの証左。

だから深紅のこの怯えは俺にとって、とても嬉しいことのはずなんだ。

「俺たちはなにがあっても兄妹。そういう『好き』には絶対にならない。昔約束したよな？」

「うん……あたしたちは兄妹。家族。おたがい世界で一番大切な存在。ずっと一緒……ぐす」

深紅は子どもみたいに、両手の甲で目元をぐしぐし拭った。

「でも、キスはもう、やめるね。信じてるけど、もしどっちかが本気になったら、怖いから」

「ああ。そうだな。それがいいよ」

「あたし、蒼一朗とだけは、本当に離れたくないの。ずっと今のままがいいの……純粋で綺麗な、子どもの『好き』がいいの。大人の『好き』は、嫌なの……怖いの……」

……俺だって叶うなら、ずっと子どもの『好き』でいたいよ。

放課後、深紅は一人でいつもの自主練に向かい、俺は入部届を持って美術室へ。

美術部の先輩たちは、入部希望の俺をスナック菓子のプチパーティで歓迎してくれた。

「へえ～。枕木クンって、国枝さんの親戚なんだ？」

「ええ、そうなんですよ」

美術部の部員数は全部で六人。一年は俺を含めて二人だけ。

その国枝さんこと黄純が、俺のほかに唯一在籍している一年生で、唯一の女子だ。

すでに一人だけカンバスに向かっていた黄純と目が合うと、にっこり微笑みかけられた。

先輩たちがデレッとした顔になる。

「国枝さんってマジでかわいいよな。邪気がないっていうか、生まれたままっていうか。もう天使だよ天使。いくら親戚だからって、あんなピュアい子には手ぇ出すなよ、枕木クン」

「私に手を出すくらいなら、深紅ちゃんに手を出しますよね～、蒼一朗さん？」

黄純のその発言を受けて、先輩たちは一斉に首を傾げる。

「そういや国枝さんって、あの姫芭蕉さんとも親戚なんだよな……？　じゃあまさか」

姫芭蕉深紅の存在は、上級生の間にも知れ渡っているらしい。もうさすが。

「はい。私たちみんな親戚なんです。しかも蒼一朗さんは、深紅ちゃんと一緒に住んでます」

「なにいいいいいい!?」

黄純が余計なガソリンを入れたせいで、先輩たちはヒートアップする。

「こ、こいつ勝ち組すぎる……だって一緒に住んでるってことは、あんな超美人と毎日一緒にメシ食ったり、テレビ見たり、風呂入ったりしてるってことだろ⁉」

「いや風呂なんて一緒に入るわけが」

「じゃあ同衾か⁉　一緒に寝てるのか⁉　おやすみのキスはしてるのか⁉」

「まあたまに——って、そんなわけないでしょーが⁉　ふはははは！」

とりあえず笑って流す。

うなじがちりちりしたんで、手でこすった。

ごしごしごしごし。

「はは、青春イージーモードなのはむかつくけど、枕木クンって結構ノリいい奴なんだな」

俺が笑っていれば、みんなも楽しそう。今日も世界は平和だ。

先輩たちは文化祭が近づかないと制作しない主義らしく、やがて全員帰っていった。

黄純と二人きりになった美術室はとっても静か。俺もそのほうが絵に没頭できていい。

まずは静物画でも始めようと思って、棚の胸像やフェイクの果物を眺めていると、

「……さっきは私、余計な話題を振っちゃいましたよね。深紅ちゃんと一緒に住んでるとか」

カンバスで絵筆を動かしている黄純が、静かに言った。

「深紅ちゃんのことでいじられて、面倒臭い先輩たちだなって思ったでしょ？」

「え、別に？　楽しい先輩たちじゃん」

「――――――うざ」

黄純は一瞬だけ眉をしかめたように見えたけど、まあ気のせいだろ。

「てか俺も深紅たちのシェアハウスに住んでるって話、黄純にしたっけ？」

「彩人さんがいつも近況報告してくれるんで♪　あの人、よく私に連絡してきますから」

彩人さん＝アヤ兄だ。

「そういや黄純も、うちで一緒に住まないかって誘われてるんだってな。来ないの？」

アヤ兄いわく、黄純の両親から預かってくれと頼まれているんだとか。

「ん～。誘われてるんですけど、あんまり行きたくないんですよねえ、あそこには」

「なんで？」

「なんとなく、です！」

事前に聞いていたとおり、確かに乗り気じゃないようだ。理由は気になるけど、本人が微妙な反応を示してる以上、あまり詮索もできない。

「あ、ところで黄純ってどんな絵描いてんの？　ちょっと見せてくれよ」

話を変えるためにも、後ろに回ってカンバスを見せてもらった。

黄純が描いていたのは、山よりもデカい花瓶が空に浮かんでいる不思議な絵だった。

「これって、マグリットのオマージュ？」

「わ、よくご存知ですね！　私、シュルレアリスムが大好きなんです！」

シュルレアリスム——超現実主義。無意識の底に眠る真の欲望を、現実を超えた現実として捉えて描く芸術運動……だったかな。

「シュルレアリスムって奇抜な絵が多いですけど、それがまた嘘偽りない本当の姿を抉り出している感じがして、もう見てるだけで興奮するんですよね！」

「はは。俺もマグリットとかダリとか、面白い絵だなって思うよ。模写したこともあって」

「でも蒼一朗さんは全然、本当の姿を見せようとしませんよね」

「え？」

黄純は俺の手を摑むと——意外とボリュームがあったその胸にいきなり押し当ててきた。

びっくりして手を振り払う。

「な、なにすんだよ⁉」

「うふ。勃っちゃいました？」

「——っ⁉」

黄純はにこにこ笑っている。ピュアいと評された天使の笑顔で。

「あ、さすがに『本当』の表情が出ましたね？　急にこんなことされて怖がってる顔。そうそう、それです。キショいけど触らせてやった甲斐がありました」

「え、えっと……黄純、ちゃん？」

「私って『嘘』が嫌いなんですよねえ」

カンバスの前から立ち上がった黄純が、俺ににじり寄ってくる。

「さっきは先輩たちにイラついたくせに、蒼一朗さんってば、ずっと嘘笑い。愛想笑い。私と二人きりになってもまだ嘘つくんですもん。いい加減うぜえな～って思ってたんです」

……え、これって黄純なの？　いつもほんわか笑顔の？

「まあどんなときでも笑えるのは、すごいことだと思いますよ。でもそれって言い換えれば、相手の顔色を気にしてばかりのチキン野郎。蒼一朗さんの笑顔は、相手に『本当』を見せないための鎧なんです。ふははは～って、アホですか」

その言葉に俺はちょっとむっとする。

だって自覚しているから。自分でも無理して笑うときがあるって。

「……愛想笑い、結構じゃないか。これも一種の処世術だろ。逆にいつでも素でいられる人間なんて、どこにいるんだよ。だいたいそれを言うなら、黄純だって」

「そうですね。最低限の処世術は必要です。私も人前ではいい子のふりしてますし」

認めやがった。普段の「にゃは～」な緩い黄純は偽物で、毒のあるこっちが本物だって。

「でも嘘をつくなら私みたいに、バレないようにしないと。蒼一朗さんって嘘が下手なんですもん。だから……ひっぺがしたくなるんですよ。もう全部素っ裸にして、あなたの『本当』を全部暴いてやりたくなるんですよ」

「お、俺の本当を暴くって、どういう」

「くふ。蒼一朗さんってぇ。深紅ちゃんに『俺たちは兄妹だ〜』とか言っておきながらぁ」

嗜虐に満ちた笑顔で、ゆっくりと告げてくる。

「深紅ちゃんを『女』として見てますよねえ？」

その不意打ちには面食らったものの、すぐに笑い飛ばした。

「ふはははっ！　俺が深紅を⁉　そんなわけ——ぼっふぁッ⁉」

横っ面に爆発するような衝撃。

一拍遅れて、俺の体が美術室の冷たい床を転がる。

「その嘘笑いがうざいって言ってるんです」

え、俺いま、黄純に殴られた……？

「……なんで殴る？　しかも本気で殴っただろ。めっちゃ痛いんだけど」

「イラッとしたんで。あと私、たぶんSです」

「俺はMじゃない。とりあえず謝れ、隠れドS」

「いやです」

乱暴だし頑固だし、なんなんだこいつは……俺のなかで評価だだ下がりだぞ。

「今の嘘笑いでもう確定です。蒼一朗さんは間違いなく、深紅ちゃんを女として見ています」

「……なんで今のが嘘笑いって言い切れるんだよ」

「それくらいわかりますよ。蒼一朗さんのことは昔からずっと見てたんで」

「ほほ～。黄純はそんなに俺に興味があったんだ？　もしかしてお前、俺のこと」

「あ、そういうのはいいです。私、ちゃんと好きな人がいるんで」

軽口で言っただけなのに、ぴしゃりと否定された。好きな人いるんだ。よかったね。

「でも蒼一朗さんに興味があるのは本当ですよ。だからもう認めちゃいましょう。深紅ちゃんのことは、とっくに女子として意識しちゃってるって」

「…………」

俺はここ最近、深紅を変に意識しているのは間違いないけれど。

やっぱりこんなの、あのリアルな恋人ごっこを引きずっているだけ……だと思う。

つまり今の俺は、虚構と現実が少し混ざってる状態。めっちゃ感情移入するマンガを読まされた直後の、あのふわふわした余韻に浸っているときみたいな、そんな感じ？

だから時間さえ置けば、きっとまた元の精神状態に戻る——はずなんだ。

「……そうだよ。俺は深紅に、恋なんかしていない……自信をもって、そう言える」

「安心してください蒼一朗さん。私も恋とか言うつもりじゃないんです」

黄純は優しい笑顔で、さっき殴った俺の頬をそっと撫であげた。

「そもそもあなたが深紅ちゃんに、本気の恋なんてするはずがない。だって蒼一朗さんは深紅ちゃんに、実の妹の紅子ちゃんを重ねてるんですから。二人はどこか似てましたもんね」

それは完全には否定できなかった。俺は深紅に、昔亡くした紅子の影を見ている部分が少しはある。二人は性格とか好みとか、雰囲気がよく似ていたから。深紅とはずっと仲良し兄妹でありたいと願っている根底にも、多少はそれが関係しているのかもしれない。

「だから蒼一朗さんが深紅ちゃんに向けている感情は、恋じゃなくて、もっと別のもの」

「……だよな。うん、俺もこの感情はやっぱり、ちょっと独占欲の強い兄妹愛だと——」

「ただの性欲です」

——は？

「蒼一朗さんにとって深紅ちゃんは、確かに妹的な存在です。でもいつしか性の捌け口にはなっていた。妹だから恋愛対象にはならないけど、都合がいいから性の対象にだけはなる女」

「は、はは……なに言ってんだ。さすがに突拍子がなくて、笑うわ……」

「でも事実、深紅ちゃんとは割り切った遊びの関係じゃないですか。人恋しいときだけその場限りの疑似恋愛でイチャついて、濃厚なキスまでしてるんですから。そういう系のお店で、妹に似た女の子を指名しちゃう変態性欲者のイデアと同じですよ、それ」

「——っ⁉」

「なんでキスのことを知ってるんだって思いました？　私、見てたんです。二人は昔、『好きになるのは絶対禁止〜』とか誓いつつ、すごくエッチなキスをしてましたよね？」

俺と深紅は小四の夏、大人への反抗のつもりでこっそりキスをした。

まさかあれを、見られていたなんて……。

「しかもしかも！　今朝の話によれば、今でもキスしてるんですってね⁉」

「な……っ！　なんで、そんなことまで……」

「朝に廊下で話してたとき、蒼一朗さんは深紅ちゃんに呼び出されて、どっか行ったじゃないですか？　教室じゃない場所に呼び出すとか怪しい気配ぷんぷんだったんで、あとをつけてみたんです。そしたら予想以上に面白い話が聞けました」

黄純は悪びれることもなく、さらっと言い放つ。

「ねえねえ？　どうしてキスするんですか？　深紅ちゃんとは兄妹なんですよね？　しかも向こうには今、彼氏がいるんですよね？」

「だ、だからあれは恋人ごっこで！　俺は深紅の芝居(しばい)の練習に、付き合ってるだけで！」

「ほらまた認めた。『これは恋心じゃない』って。私もそうだと思います。じゃあそんな相手とキスをする理由ってなんでしょう？　本当にお芝居(しばい)の練習のためですか？　実際はただキスがしたいだけじゃないんですか？」

「…………っ」

「ちなみになんですけど、深紅ちゃんには彼氏さんと別れてほしいとか思ってます？」

「……そ、それは、その……ええと……」

「思ってませんよね？　彼氏とは別れてほしくない。でもキスはする。自分がどれだけおかしなことを言ってるか、わかってます？」

「あ……ぅ」

黄純は薄気味悪く嗤いながら、俺の手をそっと握ってきた。

「くふ。それが蒼一朗さんの本性です。たとえ恋愛対象にはならない妹同然の女でも、性的な目だけはバッチリ向けていて、キスが我慢できない駄目な男。ままごととか芝居の練習とか言ってますけど、本当はただ都合のいい女に、都合よく自分の性欲をぶつけたいだけ。でも私はそんな蒼一朗さんだからこそ、とっても人間らしくて素敵だと、思うんですよ？　くふふ」

違う。俺は深紅に、そんな薄汚い目を向けたことは一度もない。

――本当に、そうか？

「あなたは何一つ間違ってません。あんな美人とキスできる機会があって、しないほうが変ですよ。そんな聖人君子のような鉄壁の理性モンスターは、全然人間らしくありません。偽物です。フィクションの存在です。本能に忠実なあなたこそが、生物として一番正しい」

やめろ。

「つまり後腐れない女なら、妹だろうとなんだろうと、誰でもオッケーなんですよね。試しに私ともしてみます？」

やめろ……。

「てゆーか本当はキスだけじゃなくて」

頼むから、もうやめろ……。

「深紅ちゃんと、％＊×＃もしたいんでしょ？」

「やめろッッ！」

脳が認識を拒むほどの悍ましい単語だった。

自分のカバンを掴み取って、俺は逃げるように美術室を飛び出す。

勢いそのままに、男子トイレの個室に転がり込む。

「うっ、おえええええええ……っ！」

便器に向かって臓腑の中身を盛大にぶちまけた。

黄純に全部暴かれて――俺は改めて気づかされた。

あいつの言うとおり、俺のなかには間違いなく性欲がある。

恋とか以前に、深紅を『女』として見てしまうときが確かにある。

だからいつもキスを拒絶できないんだ。あの岬でも家でも、俺は深紅のキスを断れなかったんじゃない。断りたくなかったんだ。不気味な本能に突き動かされて、性的に興奮しながら、俺は深紅と悦んでキスをしていたんだ。

実の妹と似ていた深紅に、俺はそんな、ゲロみたいな汚い欲望を――。

「おええっ！　うぶえええええ……っ！」

死ねばいい。俺みたいなゴミは、もう死ねばいいんだ。

俺たちは兄妹である前に、ただのオスとメスだった。


シェアハウスには帰る気にもなれず、例の岬のほうへ足を伸ばしていた。

深紅を大事な妹だと思っているのは間違いない。だけどそんな深紅に性的な目を向けていたことも、揺るぎない事実。

俺は深紅の練習に付き合っているつもりで、ただキスがしたいだけだった。

兄妹とか言っておきながら、俺は深紅と、キスがしたくてたまらなかったんだ。

――深紅ちゃんには彼氏さんと別れてほしいとか思ってます？　思ってませんよね？

これだって黄純の言うとおり。

俺は別れてほしいなんて、一度たりとも思ったことがない。

俺が思っていたのは、彼氏がいる子とキスは駄目だろ、のただ一点だけ。しかも駄目とは思いつも、結局俺は我慢ができなくて、最後にはいつも喜んでキスをするんだよな。

「……もう死ねよ……俺みたいなゴミクズは、生きてる価値ねえよ……うぷ」

また吐き気が込み上げてくる。もうずっと気分が悪いから、岬で潮風に当ろうと思ってここに来たんだけど——失敗だった。

「あれ？　蒼一朗じゃん⁉　なんでなんで⁉　やっふーっ！」

岬の鉄柵の前に、思いもよらぬ先客がいた。

俺に向かって、ぶんぶんと手を振っている。今朝と違ってずいぶんご機嫌な様子だ。

逆に俺はまったく元気がない。今こいつの顔を見るのは、かなりきつい。

「深紅こそ……なんで、ここに」

「むふふ。じつはですなあ～」

手に持っていたスマホを、嬉しそうにふりふりと見せつけてくる。

深紅いわく、さっき劇団プラ犬の和久井さんから連絡があったらしい。やっと台本が完成したから、先にデータだけ送るって。その連絡を受けた深紅は、嬉しさのあまりいても立ってもいられなくなって、このお気に入りの岬で台本のデータを確認していたんだと。

「もう自主練とか全部投げ出して、あたしは走り出してたよ！　劇団の完成台本って、それくらいブチ上がるの！　これをあたしが演じるんだ～って思うと、にやにやが止まらんって！」

「それは……よかったな……」

いい気分のところを邪魔しちゃ悪いし、俺はさっさと消えようと思ったんだけど。

「にしても蒼一朗ってば、すごいタイミングで現れるよねえ。ちょうどあんたのことを考えてたときだもん。会いたいな～って」

「…………それは、本気で言ってるのか？」

「うん！　早く台本をもらった話がしたくて！　そしたらほんとに来るんだもんなあ。もう超びっくり。あんたとは絶対なんかで繫がってる。世界があたしらの仲良しを認めちゃってる」

嘘の恋人ごっこじゃなくて？

深紅にそう言ってもらえたことが、ただひたすら嬉しかった。

――嬉しかった。

「んで？　蒼一朗はなんでここに来たん？」

「俺は……なんでだろうな」

「じゃああんたも、『深紅ちゃんがここにいるかも～』って第六感が働いたことにしとけ」

「……はは。そうだな……そういうことに、しとくわ……」

気がつけば頰まで緩んでいた。

深紅と一緒にいるだけで、俺はこんなにも幸せな気持ちになる。

単純な男でもいい。もちろん恋人じゃなくても構わない。

ただ兄妹でありたい。

だけどそんな温かい気持ちでさえ、俺という男はケダモノのような本能で濾過（ろか）して、性的な欲求だけを抽出（ちゅうしゅつ）してしまうときがある。

なんて醜（みにく）くて、汚いんだろう……。

これが思春期というもので、大人になっていく通過儀礼だと言うのなら――俺はそんなものにはなりたくない。ずっと子どものままで、純粋で綺麗なままで、いたかったなあ……。

思わず涙が込み上げてきたんで、必死で堪（こら）えた。

きっとその涙も、ドブのように汚（よご）れた色をしていると思う。

ランドセルを背負った近所の少年少女たちが、俺たちの脇を駆け抜けていく。とても元気そうに、無邪気な笑顔で。

「あは。あたしたちにも、あんな頃があったよねえ～」

「……うん……あった……あったよな……」

まだ男の子も女の子も、体つきにはほとんど差がない。

きっと性を自覚する前の、清らかで特別な存在だ。

俺たちはいつの間に、オトコとオンナになったんだろう。

そして深紅は……あの子どもたちを見て、なにを思うんだろう。

第八話
幻想を泳ぐ彼女

This is just a play house

そのまま一人で買い物に行こうとしたら、深紅も付き合ってくれた。

寂れた商店街のうみねこストリートの先、駅前の大型ショッピングモールに二人で入る。

目的は一階の食品売り場で、晩飯用の食材を買うことだったんだけど。

先に四階の本屋に立ち寄って。

「あ、このマンガ面白いよ！　あたし全巻持ってる！」

「ゴリゴリの格闘マンガか……深紅ってこういうの好きだよな」

「これまじすごいの！　パンチで自由の女神像を破壊する死刑囚とかいて……ぷくくーっ！」

次に三階の衣料品売り場にも立ち寄って。

「この『デニール』ってなんだ？」

「ストッキングの薄さの単位。数字が低いほど薄くて涼しいの。なんかいいのないかなあ」

「じゃあこれとか超薄いから、伝線しやすいってことだよな」

「……まさか貴様、あたしにそれ穿かせてビリビリに破きたいとか言わんだろうな？」

さらに二階の雑貨屋を冷やかしたり、メガネ屋でサングラスをかけてみたり。

そして——。

「次はどこ行く？　ゲーセンとか行っちゃう？」

「いや、そろそろ食品売り場に寄って帰ろうぜ。いい加減、晩飯の用意をしなきゃ」

「もうせっかくだしさ、ここでご飯も食べていかん？　たまには外食といくべ！」

「んー、それもありだな。行こう行こう」

五階の飲食店フロアにあったパスタ専門店で、二人仲良く早めの晩飯を食った。

この季節、外はまだ明るくて、帰り道の海岸通りは黄金の斜陽で照らされていた。

深紅は軽快な足取りで、俺の少し前を歩いている。

「今日は楽しかったな〜。朝はいろいろあったけど、終わりよければすべてよしだ！」

「はは。本当だな」

俺もすっかり元気を取り戻していた。深紅と二人で遊べたことが、楽しかったからだ。

決してデート気分になったからじゃない。いつもの仲良し兄妹として、仲良く買い物できたことが楽しかったんだ。

自分の醜い部分に気づかなければ、もっと純粋に楽しめたんだろうな……。

「ところでまだ聞いてなかったけど、美術部の初日はどうだった？　楽しかった？」

そうだ、美術部で思い出した。

黄純にはいろいろと見られていた件、もう深紅にも伝えておこう。別に伏せておくようなことでもないし、どうせ黄純の口から伝わるかもしれないしな。

「あのさ、深紅。美術部の話の前に、ちょっと……」

深紅は大して驚くこともなく、苦笑いでこめかみを掻いた。

「あちゃー……今朝のアレ、黄純に見られてたんかあ。で、役作りであんたとキスしてたって話も聞かれちゃったと。別にいいんだけど、若干恥ずいなあ」

「まあ、な……あと俺たちが小四のときにキスをした場面も見られてる」

「ええっ、そっちも⁉」

今度ばかりは深紅も目を見開いて驚いた。

「そっか……でもなんか腑に落ちたかも。ほらあの日。あたしたちが田舎の裏山で初めてキスをしたあと、やけに挙動不審な黄純に会ったじゃん？　なんか屋敷の庭で鯉の数を数えてて」

そこまで聞いて、俺も思い出す。

「ああ、黄純が鯉を八匹目まで数えてたときだったな。たぶん裏山での俺たちの、その、そういう場面を見て、慌てて山から降りてきたところだったんだろ。だからキョドってたんだ」

「……鯉の数までよく覚えとるな？」

深紅と一緒にいたときの記憶なら、鮮明に思い出せるんだ。

なんてことは痛すぎて言えない。適当に「まあな」と答えておく。

「あれ？　そういや黄純ってあの夏休みから、なんか最後まで屋敷に残るようになったよね」

「確かに……」

黄純は田舎の親戚会に顔を出しても、いつも親と一緒にさっさと帰る奴だった。

でもあの小四の夏休みからは違った。

俺や深紅と一緒に、休みが終わるまでずっと祖父さんの屋敷に留まるようになったんだ。

だからといって、俺たちが遊びに誘っても結局は断るばっかりで。黄純はいつも一人でぼんやり過ごしていた。誰かと遊ぶわけでもないのに、なんでずっと祖父さんの屋敷に残ってるんだろう、とか思ってたんだけど……まさかあいつが残ってた理由って。

深紅も同じことを考えたらしい。

「……もしかして、またするかもと思って、残ってたとか？」

「……だとしたら、本当にいろいろ見られていたのかもな」

「……それは本格的に恥ずいぞ。てゆーか逆に申し訳ないわ……」

当時の俺たちのキスは、あの一回きりじゃなかった。

——そーくん、そーくんっ。ここサワガニいるよ。わっ。

——うわあ、みーちゃん大丈夫？　川は滑りやすいから気をつけてって言ったのに。

——えへ。転んじゃった。パンツまでびしょびしょ。おりゃあっ！

——ちょっと、なんで僕まで引っ張るの！

——ねえそーくん。キスしようよ。

——うん。

——スキだよ、そーくん。

——スキだよ、みーちゃん。

初めてキスをしたあの日から、俺たちは何度もしていた。

小四の夏休みも、その次の冬休みも、春休みも。

小五になって親戚会に行けなくなるまで、俺たちはずっと隠れてキスをしていた。

俺も深紅も、寂しかったんだ。

うちの父さんは、死んだ母さんの代わりに美咲さんっていう次のパートナーを見つけて。しかも美咲さんは結婚した時点で、もうとっくに父さんの子どもを身籠もっていて。

深紅は仲良しだった両親の離婚を経験して。その深紅を引き取ったお母さんは、新しい彼氏を見つけるために、とにかく必死になっていたと聞いている。

まだ子どもだった俺と深紅は、なんだかそれが、とても寂しかった。

その寂しい現実を一時でも忘れるための逃げ場が、ままごとだった。

キスまで入れた本格的な恋人ごっこは、二人で嘘の世界(メルヘン)へ羽ばたいていくための翼(つばさ)。兄妹の誓いを交(か)わした俺たちにとって、恋人という嘘(うそ)は最高の現実逃避として機能していたんだ。

もちろん俺と深紅の間に、恋心なんて一切なかった。

どこか決定的に欠けた子ども時代だったと思う。

はは……あれを全部黄純に見られていたとすれば、そりゃ性欲うんぬんって言われても仕方ないわ。

しかも俺たちは高校生になっても、あの背徳的でアブなくて、愉(たの)しかったままごとが忘れられなかった。だから最近まで、まるで中毒のようにずっと続けていた。

さすがにこの歳(とし)で、またキスまですることになるとは、思ってなかったけど。

——本当にそうか？　実際のところ、俺はただ深紅とキスがしたくて、もっとすけべなことがしたくて、あの変なままごとをもう一度始めようと思ったんじゃないのか？

「……おぇ」

今日何度目かの吐き気に襲(おそ)われて、口元を押さえる。

もう考えるな。もう考えなくてもいいんだよ。

だって俺は今後二度と、深紅と恋人ごっこをやるつもりはないんだから。

これからはちゃんと、普通の兄妹をやっていく。

キスをすることもなければ、性的な目を向けたりもしない、ごくありふれた普通の兄妹。

たまにケンカもするけれど、やっぱり仲良しで、おたがいの恋バナとか、彼氏彼女の相談とかもしたりして……そんな普通の兄妹が、俺は一番いいんだ。

今日の俺たちは恋人ごっこがなかったからこそ、こんなにも楽しく過ごせたんだと思う。

「ん？　てかなんで美術部の話から、急に黄純の話になったんだっけ？」

隣を歩く深紅が、不思議そうに俺を見た。

「ああ、言ってなかったか。黄純も美術部なんだよ。あいつが俺を部活に誘ってくれて」

「……ふーん。知らんかった。そっか……黄純も美術部、ねえ……」

深紅はうつむいて考え込んだあと、俺に笑顔を向ける。

「ところで蒼一朗。なんか今日は、らしくないと思わん？」

「なにが」

「ほら。あたしたちがいつもやってること、今日はしてないじゃん？」

……。

…………やめろよ？

「せっかく二人きりなんだしさ」

今日はこのまま、何事もなく帰ろうぜ。仲良し兄妹のままで。もうそれが一番──。

「今から恋人ごっこしようよ」


それは俺が一番恐れていた言葉で。

どこか期待していた言葉でもあった。

「あ、ああ……そっか。そういや今日は、してない、か。はは……」

拒否しろ。

またこいつが作り出す毒々しい幻想に呑まれるぞ。

そしたらきっとまた、俺の醜い部分が浮き彫りにされるぞ。

「ねえ、そーくん」

「な、なんだよ……みーちゃん」

拒否しなければならないのに。

条件反射のように、俺も昔の呼び方で返してしまう。

それは俺と深紅の暗黙の了解。ままごとスタートの合図。

「あたし、そーくんに聞きたいことがあるんだ。正直に答えてね?」

「あ、ああ。いいぜ？　みーちゃんは宇宙一の恋人なんだから、もちろん正直に答えるぞ」

もうままごとなんて、やりたくないのに。こんなの無視してやればいいのに。

それでも俺は拒否できず、結局は乗っかってしまう。

心の奥では、深紅とままごとがしたくてたまらないからだ。

「そーくんが美術部に入ったのって、もしかして黄純が目当て？」

「は、はあ？　違うよ。そりゃきっかけの一つだったのは確かだけど、俺は純粋に絵を」

……待て。

真面目に返してやる必要はあるのか？

深紅は唇を尖らせて、俺を睨んでいる。これはアレだろ？　俺という彼氏に嫉妬心を向ける彼女役がやりたいってことだろ？　それが恋する女とやらの演技練習になるんだろ？

これはままごと。全部が嘘。

だったら俺も馬鹿正直に返すんじゃなくて、嘘をついてやればいいじゃないか。

「――ああ、そうだよ。美術部に入れば、黄純と仲良くなれるかと思ってな」

「やっぱり……急に美術部なんて、どうしたんだろとは思ってた。黄純が目当てだったんだ」

「悪かったな。俺もかわいい女の子とはお近づきになりたいんだよ」

「あたしがいるのに……ひどい。浮気だ」

深紅は下唇を噛んでうつむいた。しっかりと涙声まで演出してきやがる。

こいつは最高に嘘がうまくて――イライラしてくるよ。

「じゃあ俺も聞くけどな。今朝の赤井先輩の告白には、なんて返事する気だよ」

「え？　だから言ったじゃん。まだ決めてないって……」

「嘘つくな。どうせヨリを戻して、またやり直したいとか思ってるんだろ」

「ほ、ほんとに決めてないってば。だってあたし、確かに先輩のことは好きだけど、その」

「そういや赤井先輩とは、キスもまだって言ってたよな。どうせそれも嘘なんだろ？　本当はもうしてるんだろ？　お前は芝居のためならなんでもする女だもんな⁉」

「し、してないって！　あんた以外と、するわけないじゃん……！」

「先輩とはキスの雰囲気になったこともない、とも言ってたよな。その辺はどうなんだよ」

「それは……」

どうせ違うんだろ？　正直に言えよ。

「う、うん……ごめん。じつは……そういう雰囲気になったことは、ある……」

ほらな。やっぱりこいつは嘘つきだ。

「具体的に言ってみろ」

「そ、その、えと、えっと……」

「早く言えよ。なんで赤井先輩と、キスの雰囲気になったんだ」

「……ま、前に、二人きりで先輩の家にいたとき、その、ちょっと抱きしめられて……」

「…………」

「で、でも抱きしめられたのだって、ただのお芝居の練習だから！　その流れでちょっとキスの雰囲気になっただけで……だからすぐ離れたし……うぅ……」

そうだよな。これだって芝居の練習だもんな。

「あたしがスキなのは、そーくんだけだから！　本当だから！」

嘘だ。俺はそれをよく知っている。

「も、もう。ちょっと蒼一ろ……そーくん、きて」

狭い路地裏に連れ込まれた俺は、
そこで深紅にぎゅっと抱きつかれた。

「……赤井先輩とも抱き合ってるくせに、よく俺に抱きつけるよな」

「な、なんでよ。だからそれは……ただのお芝居って言ったじゃん……」

「今だって芝居してるくせに」

「ち、違うよ！　これはそういうのじゃないから！　あたし今、本気で言ってるから！」

なにが本当なんだ。

どこまでが嘘なんだ。

俺は今、虚構世界のなかにいるのか？

それとも現実世界に戻っているのか？

もうわけがわからなくて、アタマがぐちゃぐちゃになりそうだ。

「とにかく俺を赤井先輩の代わりにするとか――――んむっ」

俺の唇が、深紅の唇で柔らかく塞がれた。

突然のキス。

なんだ。やっぱり虚構のなかじゃん。

だったら俺も、なにをやったっていいんだよな？ どうせ全部が嘘なんだから。

これは二人で幻想の海を泳ぐ、ただの遊びなんだから。

「……ん……そーくん……スキなの……嘘じゃないの……ちゅ……」

「んむっ……うるせえ……信じるわけ、ねーだろ……はぁっ……」

なんで俺、拒否しないんだろうな？

でも逆に聞きたい。誰もが認める美人から恋人ごっこをしようと言われて、キスをしようと言われて、断れる男はいるんだろうか。ましてや俺みたいな非モテ男だとしたら。

断れるわけがないよな。だって世の中は汚い。

結局人間は、性欲には逆らえないのです。

あらゆる生物が抱く原初の本能なのです。

DNAなのです。塩基配列なのです。ヌクレオチドが結合した生体高分子なのです。

「そーくん……怒らないでよ……」

深紅はキスをしながら、俺の手を自分の胸に誘導する。

今日はそこまでするのかと驚いたものの、もちろん俺はそのふくよかな膨らみを、ためらうことなくさわる。

さっき仲良くパスタを食った手で。

兄妹として何度も繋いできた手で。

いつの間にかオンナになっていた深紅の胸に、俺は遠慮なく指を沈めていく。

自制が効かないこの感情にイライラしすぎて、涙まで出てきそうだ。

「そ、蒼一朗、ちょっと強い……ぅあっ……」

「うるせえ……どうせ赤井先輩にも、こんなことさせてるくせに……っ！」

「な、なに言ってんの……させるわけないじゃん……あっ」

俺たちは昔から、どこかイカれたままま。

二人ともこれはままごとだからと言って、兄妹では絶対にやらないことまでやってしまう。

深紅は今朝、「もうキスはしない」と言ったばかりなのに。

この前なんて「基本的には嘘が嫌い」とも言っていたのに。

こいつは本当に嘘ばっかりだ。

ああ、でも嘘だからいいんだ。

だってこれは深紅が舞台で『嘘（うそ）』をつくための練習で――って、待て。

こんなの本当に練習になってるのか？

「そーくん。もっと唾液（だえき）をちょうだい」

じつは演技の練習っていうのも、この愉（たの）しいままごとをやるための建て前で。

こいつも俺と同じで――実際はただ性欲に流されているだけじゃないのか。

深紅も俺のことを、都合のいい男として、性の捌（は）け口（ぐち）として、見てるんじゃないのか。

「……くそっ……ぁむっ……ぷちゅ……」

それはとても悲しいことのはずなのに。

まるで熱病にかかったように、俺のなかの『男』は不気味に火照（ほて）っている。

気色悪いことに、俺は性の悦（よろこ）びに乱れるその『女』に、途轍（とてつ）もなく惹（ひ）かれている。

ふ、と小さく笑みがこぼれた。そりゃ笑うだろ。

二人とも薄汚い性欲に支配されて、こんなことをしているんだから。

もう最高にお似合いのカップルじゃん。

そもそも俺たちは、おたがい好きなときだけ恋人になれる、都合のいい関係だもんな。

――そんな都合のいい関係なんて、セフレと変わんねーぞ？

友達の吉川（よしかわ）も、前にそんなことを言ってたっけ。

本当にそのとおりだったわ。

俺たちは仲良し兄妹だったはずなのに。

それがなんで、こんなにも歪（いびつ）な方向に変わっていっちゃうのかな。

ふはははははは。

ぽつり、と頬が濡れた。

自分の涙だったらよかったんだけど、ただの雨だった。

涙すら出なかった俺の代わりに、空が泣いていた。

「わ、通り雨だ」

深紅は俺から身を離して――やっと我に帰ったらしい。

「あ、あはは……ちょっと役に入り込み過ぎちゃった……かな……？」

申し訳なさそうに頭を掻（か）く。

「その、あたし、役に入り込むと周りが見えなくなっちゃう部分があって……恥（は）ずいなあ」

知っている。

役者としては最高の才能だと思うよ、マジで。

「……あの、嫌だった、よね？　もうキスはやめるって言ったのは、あたしなのに……なんかさっきは、全部忘れるくらい恋人役に没頭してた……本当にごめんなさい」

「はは、なに言ってんだ。嫌なわけあるか」

だって俺もキモチよかった。

これはただのままごと。おたがい都合のいい遊び相手。好きなときに好きなようにキモチよくなれる便利な恋人。

俺たちは最初からそうだったし、それ以上には決してならない。

ずきり、とまた胸が痛んだけれど、もうその感情の正体については考えないことにした。

たぶん真面目に考えたところで、余計に苦しいだけだから。

「きょ、今日は蒼一朗の彼氏役にも熱が入ってたよね……まさか赤井先輩の話まで出してくるとは、やるなあ蒼一朗」

「お、深紅にそう言われると光栄だな。俺の演技、よかった？」

「うん……すごくよかったよ……本物っぽくて」

「……そっか」

「うあー、雨も結構降ってきたし、もう走って帰ろ？」

路地裏から飛び出そうとした深紅の腕を掴む。

「待て待て。そのまま帰ったら風邪引くぞ。俺、折り畳み傘を持ってるから」

「わ、準備がいいね。じゃあ相合傘で帰るとすっか」

折り畳み傘に深紅を入れて、雨のなかを二人で歩く。

「そういやアヤ兄って、明日帰ってくるんだっけ？　出張ばっかりで大変だよね～。あ、そうだ。アヤ兄が帰ってきたら、黄純もうちに呼んで流しそうめんとかやっちゃう？」

いつもの深紅。普段の深紅。

さっきはあんなことまでしたのに、もう忘れたかのような平常運転ぶりだった。

だから俺は――ちょっと意地悪をしたくなる。

「もしかして、ドキドキしてたりする？」

「ん？　なにが？」

きょとんとした顔で俺を見る。いつもの深紅。平常運転の深紅。

「相合傘で帰ってること。なんか妙に口数が多い気もするし」

「あは、なに言ってんの。別に相合傘なんて、あたしたちにとっては普通のことで」

でも俺たちの間には、その普通の平常運転を崩せる呪文がある。

「正直に言えよ……みーちゃん」

あえてそう呼んでやった。

俺が一方的に恋人ごっこを再開させると、もちろん深紅は、

「……うん。本当はすごく、ドキドキしてる……心臓が爆発しそうなくらい。なんでだろ」

こうして素直に恋人を演じてくれる。

ああ、イライラするなあ。

嘘ってわかってるからこそ、すげぇイライラする。

ふっかけたのは俺なのに。自分のなかにはこんな攻撃的な一面があるなんて初めて知った。

「あ、あんたは？」

深紅が遠慮がちに俺を横目で見てきた。

「蒼一ろ……そーくんは、ドキドキ……してる？」

「ああ。俺もドキドキしてるよ」

本音だった。

驚くほど素直に言えた。

だってこれはごっこ遊び。

普段なら絶対に言えないことでも、すべて嘘で処理してもらえるから言えてしまう。

俺たちの虚構世界はすけべで残酷だけど、ときに優しくて、泣きそうになる。

「そっか……本当に演技がうまくなってきたな、蒼一朗……」

深紅にとって俺は、都合のいい性欲処理係なのか？

だからまたキスをしてきたのか？　胸までさわらせてきた理由もそれか？

一切、知らなくていいことだった。

だってなにも知らなければ、俺は深紅とこうして嘘の恋愛ごっこが楽しめる。

もう二度と、こんなことはしないつもりだったけれど。

「……肩、濡れてるだろ。もっとこっちに寄れよ……みーちゃん」

「うん……」

でも今だけは。

せめて今だけは。

「ねえそーくん……あたし、そーくんのこと…………スキだよ……」

「わかってるよ。俺も、スキだから……みーちゃん」

この嘘の恋愛をもう少しだけ続けたくて。

俺たちは兄妹としてではなく、恋人として帰宅した。

◇

高級住宅街にある私の家は、白くて無機質で、なにかの施設みたいだなって思う。

無駄に大きい玄関を抜けたところで、ちょうど私の母親を名乗る女と出くわした。

「あら、おかえり黄純。今日も遅かったわね」

女は外行きの派手な格好をしていた。品のないネックレスなんかしてバカみたいです。

「ママはこれから仕事の打ち合わせで、ちょっと出かけなきゃいけないの。お夕食の準備はしてあるから、温めて食べてね」

「うん、いってらっしゃい！　ところでパパは？」

嫌味のつもりで聞いてみた。

「パパもお仕事で、今日は遅くなるって」

嘘だ。父親を名乗るあの男は、今ごろ若い女と遊んでいる。

そして母親を名乗るこの女も、今から若い男と遊びに行く。

私が気づいてないとでも思ってるんですかね。

「来週は家族三人でお寿司でも行きましょう。じゃあママは急ぐから、戸締まりよろしくね」

父も母も、おたがい不倫相手がいることに気づいている。

それでもまだ仲良し仮面夫婦を演じている。

「はーいっ！　お寿司、楽しみにしてますね！　ママもお仕事がんばって！」

そして私も、この幸せ家族ごっこに乗っかっている。

正直、不倫自体に嫌悪感はない。むしろ本能に忠実で好感すらもてるくらい。

気に入らないのは、父も母も愛情なんてとっくに冷めてるくせに、ずっと仮面夫婦を続けていること。もうさっさと言えばいいのに。「家族よりも不倫相手と一緒にいたい」って。

だけど二人とも、決してそれを言おうとしない。もう家族全員が知っていることなのにだ。

結果、こんなくだらないままごとを、バカみたいに続けている。

あまりにも低レベルな『嘘』に付き合わされる私の身にもなってほしい。

……嘘は本当に大嫌い。


部屋に入ると、家で飼っているトイプードルのイチローが、私の足元に擦り寄ってきた。

犬は嘘をつかないから大好き。本能で生きているところも大好き。

愛くるしい瞳をしたイチローをだっこして、部屋に飾ってある複製画に目を向ける。

一つだけ両親に感謝することがあるとすれば、二人とも美術関係の仕事をやっているおかげで、私がこの絵に出会えたことかな。

ポール・デルヴォーの『孤独』。

デルヴォーは現実を超えた現実を描く、シュルレアリスムの巨匠の一人だ。

彼の作品のなかでは少し異質だけど、私はこの『孤独』が一番好きだった。ここまで正直に赤裸々に、自分のなかの『本当』を表現したデルヴォーには、心の底から敬服している。

私は人間が心の奥底に隠しもつ『本当』が大好きだ。

イチローを膝に乗せたままスマホを操作して、クラウドに保存してある画像を表示させる。

それは小学四年の夏休み、蒼一朗さんと深紅ちゃんがこっそりキスをしていた様子を慌てて隠し撮りしてしまったもの。

あの場面を偶然見てしまったとき、私が最初に抱いた感情は紛れもなく嫌悪感だった。

まだ小学四年なのに。恋愛感情もないくせに。蒼一朗さんなんて深紅ちゃんのことを、実の妹の紅子ちゃんの代わりにしているくせに。

それでも二人はキスをしていた。

気持ち悪くて不気味で……なんて官能的なんだろう、と思った。

いくら兄妹でありたいと願っていても「これはあくまで、ままごとだから」と言い訳をしてまで、兄妹では決してやらないことをしてしまう——あれこそが生物の根源、性欲に突き動かされた嘘偽りない人間の姿だと、私は思う。

二人のキスは私にとって、デルヴォーの作品と同じ『本当』だった。


あの高校に蒼一朗さんたちがいたのは本当に偶然で、別にそれを知ったところで、わざわざこっちから接点を持つ気はなかった。

でも深紅ちゃんに彼氏がいるという噂を耳にしたとき、私の好奇心が膨れ上がる。

相手は蒼一朗さんでしょうか。それとも別の人でしょうか。

仮に別の人だったとして。まさか蒼一朗さんは彼氏がいる女と、今でもキスをしているなんてことは……さすがにないですよね？　そう思って、探りを入れてみた。

そしたら本当にしていた。

もう高校生なのに。

もう深紅ちゃんには彼氏がいるのに。

美しい兄妹の誓いを交わしたはずの二人は、未だに薄汚れた本能のままキスをしていた。

でも私は、それこそが本当に美しいことだと思っている。生物として嘘をついていないってことだから。

「くふふ。自分の本性を暴かれたときの蒼一朗さんの顔……興奮したなあ」

今日、美術室で蒼一朗さんを詰めたのは、別に嫌がらせが目的だったわけじゃない。

私は蒼一朗さんに、お願いしたいことがあったんだ。

本題に入る前に逃げられてしまったから、もう一度話をさせてほしいと思っている。

ふと、スマホに着信があった。

私の「好きな人」からだった。

『よう黄純。別に用はないんだけど、元気してるかなー、と思って電話してみた』

「あはっ。元気ですよ！　いつもお気遣いありがとうございますっ！」

『そりゃよかった。で、最近どうよ？　そろそろ好きな男でもできたか、おい？』

「にゃははは~。ほんとそういう話、好きですよね~。私に好きな人なんていませんよっ♪」

私はここでも自分に『嘘(うそ)』をついている。

この人に『本当』の気持ちを伝えるわけにはいかないから。

その事実がまた不快で。

嘘(うそ)に身を委ねるしかない自分がきもくて。

明日は絶対、蒼一朗さんに私のお願いを聞いてもらおうと思った。

第九話

嘘でも好きな彼女

This is
just a
play house

休み時間の教室で、深紅は女子たちの輪にまざって恋バナをしていた。

「え、まえっちって、あの六組の？　あの子、彼氏と別れたんだ？」

「深紅も知ってる子なの？」

「うん。あたし中三のとき同じクラス。てゆーか、まえっちの彼氏って確か」

「そ。彼氏も同じ六組。クラスメイトなのに別れるとか、きついだろうなあ」

「だよね……好き同士の二人が別れちゃったら、もう二度と話せなくなったり、会えなくなったりするもんね……だったら最初から、本気で好きになんてならないほうが……」

「うわ、さすが深紅。経験豊富っぽいセリフだね」

……今日もみんな騙されている。深紅の演技に。

あいつは社交的に見えるけど、実際はクラスの女子たちと一定の距離をとってるんだから。

「紅姫様って真理ついてるわ。別れたらマジで終わりだよ。話なんか二度とできねーって」

隣の席でマンガを読んでいた吉川が、ため息まじりで言った。

ここ数日、吉川はずっと暗い。なんでも自慢の彼女が最近そっけないらしく、「俺のほかに好きな男ができたのかも……」みたいな不安をよくこぼしていた。

「ところで吉川、さっきからなに読んでるんだ？」

「ラブコメ。少女マンガな」

吉川が読んでいたマンガの表紙を見せてきた。二人のイケメンに挟まれた女の子が困った顔で頭を抱えている表紙絵だった。

「俺、男向けのラブコメが苦手なんだよ。だって主人公の男って基本、選ぶ側じゃん。大勢のヒロインに好意を寄せられて、『俺は誰を選べばいいんだ……』なんてクソ贅沢な悩みで葛藤する。果たしてそんな悩みをもってる男が、現実に何人にいるのかな」

「いやフィクションって、そういうのを楽しむものだから」

「その点、女向けのラブコメはリアルだ。こっちは男が女に選ばれる側だからな。男キャラに感情移入してみろ？　マジで、くるぜ？　このマンガもそうだ。主人公の女は途中で幼なじみの彼氏ができるんだけど、最後にはその彼氏を振って、別の男の元に走っていく。しかもそれをハッピーエンドだと豪語する。これが世の中のリアル。男はいつだって選ばれる側。マジで共感しかねーわ」

……なんか変な嗜好に走り出したな、吉川。

「ほらみろ。彼女なんて面倒なもん作るから、メンタルもやられるんだって」

加藤が話に入ってきた。

「彼女がいる奴は勝ち組か？　違うね。やっぱ都合のいい女が一番だよ。自分がイチャイチャしたい気分のときだけ傍にいてくれる便利な子がいれば、それで十分。そうだろ吉川？」

「……お前の言うとおりかもな。特定の彼女なんていているから、捨てられるかもしれねー不安がついてくるんだ。だったらいっそ……」

陥落しそうになっている吉川に、俺は言ってやった。

「仮にその都合のいい女ってやつがいたところで、虚しいだけだぞ」

──なあ枕木。お前だって彼女じゃない女の子とキスとか、え、えっちなことしたいとか、思うことあるよな？

前に加藤が言っていたことだ。

それ自体は否定しない。ただ一番重要なことが抜けている。

「気持ちがないのにキスしたり、イチャイチャしたりしても、きつい虚無感が残るだけ。それでもいいって言うなら、俺も別に止めたりはしないけど」

いくら相手の体温を感じても、嘘で口にする「スキ」の白々しさはナイフのように冷たい。

ましてや、もし片方だけが本気になってしまったら、それはもう――……。

「……なんかお前にしては、経験者みたいなセリフじゃん」

と、加藤。むしろ俺は絶賛経験中なんだよ。

「……さすが枕木委員長。まともな意見だわ。そうだよな。そんなの虚しいだけだよな」

と、吉川。むしろ俺はまともじゃないから、その答えが出せたんだよ。

しかも虚しいってわかってるくせに、結局俺は深紅との恋人ごっこがやめられないまま。

自制が効かないこの不気味な本能には、本当にイライラする。


少し一人になりたくて教室を出たとき、スマホに着信があった。

ぼんやりしたまま、通話アイコンをタップ。

『おっぱい！　おっぱい！　おっぱい！　おっぱ――――プツ』

即座に切って、俺は歩き出した。

また同じ相手から着信があったんで、しぶしぶと出てやる。

『なんでいきなり切った？　失礼だろ』

「どっちが。今は乗っかってやれるテンションじゃないんだよ。で、用件はなに？」

電話の相手は、写真の仕事で遠方に出ているアヤ兄だった。

『ったく、ノリ悪ぃな。今日そっちに帰る予定なんだけど、ちょっと遅くなりそうだから連絡した。いま俺、深紅の実家のほうに来てての』

「え？　もしかしてアヤ兄、あいつの実家にお邪魔したの？」

『おう。ちょうど近くで撮影があったし、保護者としては親御さんに挨拶しとかねーと』

ちなみに深紅の実家は、バスとローカル線で何時間もかかる他県だ。

『ちょっと顔出すだけのつもりだったんだけど、深紅ん家のおばさん、泊まっていけって言ってくれてな。昨日の宿代が浮いたわ。もちろんメシつきだぞ。も、チョー豪華』

アヤ兄の遠慮のない性格は、うちの親戚ならみんな知っている。

『そんで昨日の夜は、おばさんといろいろ話したんだけどな。やっぱ深紅の奴、劇団の舞台に立つって話は、おばさんに報告してなかったわ。だから勝手で悪ぃけど、俺のほうから誘ってみた。深紅の晴れ舞台、観にきてやってくれませんかって』

「それで……おばさんは、なんて？」

『おばさんは今、服飾系の小さな会社に勤めてるんだけど、公演日のあたりはちょうど出張が重なってて難しいらしい。ま、急な話だから仕方ねーわ。そもそも遠いしな』

「…………そっか」

『おばさんもだいぶ残念がってたよ。ただ公演のＤＶＤは出るみたいだから絶対買うって言ってた。あと激励ってことで、深紅へのプレゼントを預かってきたぞ』

「プレゼント？」

『ああ。たぶん深紅も喜ぶんじゃねーかな。これ俺が帰るまで内緒な？』

そのあと少し言葉を交わしてから通話を切った。

アヤ兄との通話を終えたあと、俺の心にあったのは、深紅を案じる素直な気持ち。

母親からのプレゼントか……あいつが喜んでくれたら、俺も嬉しいんだけどな。

◇

まあ予想どおりと言いますか。

放課後になっても蒼一朗さんは、美術部に顔を出さなかった。

今日はお願いしたいことがあったのに、来ないなんてありえない。

私は一旦美術室を出て、蒼一朗さんの教室まで迎えにいくことにした。もう帰ってる可能性のほうが高いんですけど、まだ友達とだらだら居残ってるかもしれませんし。

一年校舎の廊下で、うちのクラスの男子たちとすれ違った。

「あれ、国枝さん。今日は美術部じゃないの？」

「にゃはは〜。そうなんですけど、ちょっと行くところがありまして。ではまた！」

外用の仮面で朗らかに挨拶をして、その場を離れる。

男子たちのぼそぼそ話が耳に届いた。

「国枝さんって、マジでピュアいよな。朝も『鳥さんおはよ〜っ！』とか言ってそう」

「ありえる。まだサンタさんも信じてたりして。てゆーか、そうであってほしい」

私の外面だけですべてを決められるなんて、そっちのほうがよっぽどピュアだ。

いっそ仮面を脱ぎ捨てて、「うるせえ、この腐れチン○ども」って言ってやろうかな。

……できないくせに。

私は人一倍『嘘』が嫌いなくせに、自分の『本当』を曝け出すことができないでいる。

それがまた、きもい。

いい子を演じる自分。いい子と思って近づいてくる親戚一同&学校の連中。全部きもい。

だから私は昔から、周囲の人間と距離をとってきた。

人前で『嘘』をつき続けるのがしんどいから。

だったら『本当』を見せればいいのに、私は今さらそんな勇気も出せない弱虫ちゃん。

すべては物心がつく前から受けてきた、両親の「女の子らしくあれ」とかいう前時代的かつ超スパルタだったウ○コ教育のせい。そして一度ついてしまった嘘は、もう取り返しがつかない。私は弱虫ちゃんだから、最初に演じた嘘のキャラをずっと貫き通すしかなかった。

私にできることと言ったら、自分の『本当』を絵で表現することだけ。

……そういえば蒼一朗さんは、どんな絵を描くんでしょう。小さい頃は模写ばっかりしてましたけど、今もそうなんですかね。

絵は描き手の内面を映す鏡。

私と同じで、ド変態のくせに外面だけはいい蒼一朗さんの絵……興味あるなあ。

蒼一朗さんの教室を覗いてみたけど、残っている人は誰もいなかった。

やっぱりもう帰っちゃったんですね。まさかこのまま美術部も辞めるなんてことは……。

「あ、黄純じゃん」

後ろから声をかけられたんで、振り返る。

にこにこ顔の深紅ちゃんがいた。

「どうも。クラスの人たちは誰もいないみたいですけど……深紅ちゃんはどうしてここに？」

「先生に呼ばれて職員室に行ってきた帰り。あたし今度劇団の舞台に立つんだけどさ、それ学校のサイトでも告知してくれるんだって。黄純もよかったら観にきてな？」

ああ、深紅ちゃんは今、演劇をやってるんでしたっけ。昔から蒼一朗さんとままごとばっかりやってたし、役柄を演じることには向いてると思う。

「てか蒼一朗からも聞いてたけど、同じ学校だったんだね。気づいたときに言えっての」

「別に言う必要もないかと思ってました」

二人で小さく笑い合う。

深紅ちゃんのことは嫌いじゃない。むしろ親戚のなかでは好きなほう。私は親戚会でも基本的に一人で過ごしてきたから、深紅ちゃんともあまり話したことはなかったんだけど……去年の秋頃、私たちが中三のときに、初めてまともに会話をした。

あのとき私は、彩人（あやと）さんに無理やり呼ばれて、深紅ちゃんたちが暮らしているシェアハウスで一緒にお昼ご飯を食べることになって。

そのあとテラスで二人きりになったとき、深紅ちゃんは急に切り出してきた。

——黄純ってさ。わざとみんなと距離とってるでしょ。

——にゃは～？　なんのことですかあ？

——そんな変なキャラで隠さなくてもいいって。あたしも学校では周りと適当に距離とってるし、あんまり踏み込んでくるなオーラには敏感なんだよね。

私は自分の嘘（うそ）に自信があった。今まで誰にも見抜かれたことはなかったから。

もちろん気づいていた人はいるかもだけど、わざわざ指摘してくる人は誰もいなかった。

だけど深紅ちゃんだけは違った。

あえて指摘してくれた。

それはもう「あたしの前では『嘘（うそ）』をつかなくてもいいよ」と許されたようなものだった。

——あたしってモテるからさ。男子は次々に言い寄ってくるし、女子と仲良くしてても裏で陰口叩かれることが多いし。そういうのきついんだよね。だから適当に距離とってんの。

——自分でモテるとか言っちゃうんですね。

——だって事実だし。黄純も無理して愛想とか振り撒いてると、変な男に絡まれるよ。

——そんなクソ共は、お爺さんから習った空手でボコします。

——あは、調子が出てきたじゃん。そうそう、あたしらには空手があるもんな。


そのあとは二人ともテラスの椅子に座ったまま、ただぼんやりと過ごした。

会話はたまに。「鳥ってなに考えてんのかなあ」「なにも考えてないから飛べるんですよ」とか、どうでもいいことをほんの少し交わすだけ。

深紅ちゃんは私が身内相手にも距離をとっていることに気づいているから、必要以上に踏み込んでこない。もちろん私からも積極的に話題を振ったりはしない。

決して仲良くしたいわけじゃないけれど、一緒にいてラクな人。

私にとって深紅ちゃんは、もうただの親戚でもなければ友達というわけでもなく。おたがいまったく違う座標にいるのに同じ時間を共有できる、ある種の特別な人だった。

もし私たちの血が繋がっていたら、案外いい姉妹になれたのかも——なんてね。アホらし。

「じゃあ私はこれで」

もう蒼一朗さんが帰ったあとなら、私がここにいる理由はない。美術室に戻ろうとしたんだけど、ふと思いついたことがあって振り返った。

「そういえば深紅ちゃんって、蒼一朗さんと一緒に住んでるんですよね？」

「そだよ。シェアハウスな」

だったら伝言を頼もうかな……明日の土曜も美術部は活動してるから来いって。

でも昨日の蒼一朗さんの様子からして、伝言ごときで来ますかね？　そもそも部活にはもう顔を出さないつもりかもしれませんし……。

「蒼一朗になんか用事？　伝言とかあるなら伝えとくけど？」

「あ、いえ。大丈夫です。こっちでなんとかします」

やっぱり私がシェアハウスまで行って、直接本人と話そうと思った。

正直あそこに行くのは、あんまり気乗りしないいんですけど、連絡先も知らないいんだから仕方ない。明日の朝か、まあ今日の部活のあとにでも。気が向いたらってことで。

「てゆーか深紅ちゃん、蒼一朗さんと一緒に暮らせて嬉しいでしょ〜？」

適当にからかって美術室に戻ろうと思った。

「うん、めっちゃ嬉しい」

あは。深紅ちゃんは本当に素直です。ここで「別に嬉しくないけどぉ？」なんて見え透いた嘘をついたりしないところも、私からすれば好きポイント。

「事情は知らんけど、あいつが引っ越してくるって聞いたときは、もう楽しみすぎて寝れんかったもん。あのシェアハウス、まじで枕木一族専用になりつつある」

「ああ、事情なら私、なんとなく知ってますよ」

「え」

予想外だったのか、深紅ちゃんは面食らっていた。

「……蒼一朗が、うちのシェアハウスに引っ越してきた事情、知ってるの？」

「はい。私の家は今も親戚会に顔を出してるんで。噂くらいは耳に入りますから」

うちが幸せ家族ごっこを演じてるおかげでね。親戚のおじさんおばさん連中からも「国枝さんの家は、みんな仲良くていいわね〜」とか言われるから、真剣にきしょいです。

「そっか……黄純は蒼一朗の事情、知ってるんだ……」

「もしかして、知りたいですか？」

「べ、別に……いや、まあ……うん……ぶっちゃけ、気になる」

ほら自分に正直な人。やっぱり素敵だなあ、深紅ちゃんは。

勝手に話すのは悪いなんて一ミリも思わなかったんで、教えてあげることにした。

「簡単に言えば、蒼一朗さんなりの配慮ですよ」

蒼一朗さんのお父さんは、彼が小四のとき、美咲さんという女の人と再婚した。

もちろん蒼一朗さんは、美咲さんのことも新しい家族として、きちんと受け入れていたんだと思う。でも失った家族のことが大好きすぎたせいか、美咲さんを母親と呼ぶことだけはどうしてもできなかったみたい。

それについては蒼一朗さんも、きっと申し訳なく思っていたんでしょうね。

「だから美咲さんの前だと変に気を遣いすぎて、嘘笑いが出ちゃうんですよ」

「嘘笑い？」

「ほら。蒼一朗さんって無理して笑うときがあるじゃないですか。ふははは～ってやつ」

「…………？」

深紅ちゃんは首を傾げている。

あれ。気づいてないのかな。意外と人を見てる深紅ちゃんが、そんなわけないと思うんですけど……。

ああ、そっか。きっと蒼一朗さんは、深紅ちゃんの前だとごく自然に笑えてるんだ。絶対に嘘笑いをしないんだ。それだけ心を許してるってことなのかな。

「とにかく蒼一朗さんには、周りに気を遣わせないように嘘笑いをする癖があるんです。それは大人の美咲さんやお父さんには当然、見抜かれていたんでしょうね。で、今度は美咲さんたちまで、蒼一朗さんに変に気を遣うようになって――あとは気を遣い合戦ですよ」

やがて二人の間には、新しい娘の翠ちゃんが産まれる。翠ちゃんは生まれつき病弱だったこともあって、家族間の気を遣い合戦はさらに加速していく。

そして蒼一朗さんが中三のとき、お父さんが山奥の田舎に転勤することが決まった。

そこでこんな感じのやりとりがあったらしい。

――なあ蒼一朗。今度のうちの引っ越し先は、一番近い高校まで、電車とバスで一時間以上はかかるんだ。

――それにね。私たちはどうしても体の弱い翠にかかりきりになっちゃうから……。

――ほら、真波浜町には彩人くんのシェアハウスがあるだろ。あそこなら学校も近くにあるし、お前と仲良しだった深紅ちゃんもいる。どうだ蒼一朗。お前さえよければ、高校からは。

――お、それもアリだな！　ふははははは！

「と、まあそんな感じです。それで蒼一朗さんは実家の引っ越しに合わせて、一人でシェアハウスに行くことにしたんですよ」

「…………なに、それ」

私の話を聞き終えた深紅ちゃんは、まさかの涙を浮かべていた。

「おじさんも美咲さんも、ちょっとひどくない……？　だってそれ蒼一朗からしたら、お前は邪魔だからどっか行けって、言われてるみたいじゃん……厄介払いみたいじゃん……っ！」

もちろんおじさんたちも、そんな意図はないと思う。

蒼一朗さんは気が休まるはずの自宅のなかで、いつも嘘笑いをしているから。しかもおじさんたちは病弱な翠ちゃんを意識するあまり、蒼一朗さんに寂しい思いをさせてしまうから。

だからわざわざ交通の便が悪い新居についてこさせるより、一番仲良しだった深紅ちゃんのいるシェアハウスに行かせたほうが、蒼一朗さんのためじゃないかと考えた。

……ま、大人の勝手な判断だとは思いますけどね。どうでもいいですけど。

「とにかく蒼一朗さんのことを考えての提案だったのは、間違いないと思いますよ」

「でも大事なのは、蒼一朗の気持ちじゃない……？　あいつはきっと、家族と一緒にいたかったんだよ？　それなのにおじさんと美咲さんの両方から、お前はシェアハウスに行ったらどうだ、なんて言われたら、もう行くしかないじゃん……っ！　そんなの、ひどいよぉ……」

深紅ちゃんは泣きながら、すごく怒っていた。

うーん。こうして見ると、二人は本当におたがいを思いやる仲良し兄妹なんですけどねえ。

「蒼一朗さんのこと、ずいぶん大切に思ってるんですね」

「当たり前じゃん……世界で一番大事だよ……」

深紅ちゃんは子どもみたいに、両手の甲で涙をぐしぐし拭って、

「もし蒼一朗をいじめる奴がいたら……あたしはそいつを、殺すかもしれない」

わあ、怖い目。しかも結構本気っぽい。私も気をつけないとです。

でもここまで強い信頼関係を築いてるくせに、二人はキスをしてるんですよね。

くふふ。ほんとこの人たちは、どこか病的に欠けた兄妹で――って、待てよ?

これは本当に、本当に兄妹愛か?

「あのー。まさかとは思いますけど……蒼一朗さんに恋愛感情とか、ありませんよね?」

「え? あるわけないじゃん。あたし一応彼氏いるし。蒼一朗とはそういうのじゃないの」

「……本当、ですか?」

「うん。蒼一朗とは今のままが一番いい。おたがい好きにならないって約束もしたし」

それは私から見ても、嘘偽りない本当の顔だった。たぶん演技でもないと思う。

……よかった。そうでなきゃ面白くないです。

彼氏がいるのに、兄妹だと認め合っているのに、キスをしている。だから素敵。世間一般の尺度では絶対におかしいこの二人の関係が、私はとても愛おしい。

「ところでその彼氏さんとは、最近どうなんですか? うまくいってます?」

好奇心が抑えきれなくなった私は、笑みを噛み殺しながら聞いてみた。

「……それがあんまり。今は距離を置いてるっていうか、まあいろいろビミョーなんだ」

「ええ、それ駄目じゃないですか。ちゃんと仲良くしてくれないと困ります」

「あたしだって仲良くしたいよ……でもなかなかうまくいかないんだよね……はあ……」

「そんなの仲直りのキスで一発ですって。もう彼氏さんを押し倒しちゃいましょう」

「無理無理。あたし、先輩とキスとかしたことないし。あ、先輩っていうのが彼氏な？」

……彼氏とはキスをしたことがない？

蒼一朗さんとはしてるのに？

「あのー。深紅ちゃんはその彼氏さんのこと、ちゃんと好きなんですよね？」

「もちろん好きだよ？　このまま疎遠になったら、あたし絶対泣くし」

「……ちなみになんですけど。仮に別れたとして、その彼氏さんがほかの女の人とキスをしてる場面を想像したら、やっぱり嫌な気持ちになります？」

きょとんと私を見ていた深紅ちゃんは、

「………全然、嫌じゃない」

小さくつぶやいた。

「え、これって普通、嫌な気持ちになるところ？」

もう夜の九時半になろうとしているのに、深紅はまだ帰ってこない。

今日から劇団の練習時間が長くなることは聞いていた。でもさすがに九時までには帰ってくると思ってたんだけど……。

　このシェアハウスは山道を抜けた高台にあるから、当然外はもう真っ暗。

　俺は一階のオープンテラスから暗い山道をじっと眺めて、深紅の帰りを待っていた。

　ふと、山道の向こうから微かに深紅の声がした。

　姿は見えないけど、誰かと談笑してる声。たぶん深紅はその人に送ってもらったんだろう。楽しそうな話し声はやがて途切れて、樹々の間から深紅だけが出てきた。一人でぽてぽてと山道を登ってくる。

　とにかく無事に帰ってきたみたいで、ほっと一息。

　すぐに玄関のほうからドアの開く音がした。

「ただいマーベル。一番好きなヒーローはハルクな」

　いつもの謎の挨拶とともに、深紅がリビングに入ってきた。

「ずいぶん遅かったな。心配したぞ」

「ごめん。プラ犬の公演まであと二週間くらいだし、もう本番まで毎日これくらいの時間になりそう。むしろもっと遅くなるかも」

「そっか。じゃあ明日からは俺が迎えに——あ、でも劇団の人が送ってくれるのか」

「え、なんで？　みんな疲れてるし、誰も送ってくれんよ」

「でも今、誰かに送ってもらってたじゃん。あれ劇団の人じゃないの？」

「………っ」

深紅は驚いた顔をした。

「あー、うん。まあそんな感じ。でも今日だけだから。明日からあんたが迎えにきてくれるなら嬉しいぞ？　んじゃあたし、着替えてくるね～」

なぜかはっきり答えないうえに、慌てている。しかもさっさと話を切ろうとした。

こんな反応をされたら──嫌でもピンときてしまうだろ。

「そうか……あれは赤井先輩だったのか」

階段を登りかけていた深紅が、ぴたりと動きを止める。

「赤井先輩が、ここまで送ってくれたんだな？」

「………うん」

「なんですぐ言わなかったんだよ」

「だって……言いづらいじゃん。今あたしと先輩は微妙な状態なのに、送ってもらったとか。でも先輩、もう練習場の外で待っててくれたし、今日だけって言うから。あたしもやっぱり、できるだけ普通に接したかったし……正直断りたくなかった」

深紅は今、赤井先輩に送ってもらったことを俺に隠そうとした。

それが妙にイラついた。

「つまり送ってもらう名目で、夜の散歩デートってわけか。もうそのままヨリ戻しちゃえよ」

「デートとかじゃないって。ほんとにただ送ってもらっただけで」

「むしろもうヨリを戻したとか？　俺の知らないうちに、いつの間にか。だったらもう隠さずに言ってくれよな。俺はさらっと捨てられてやるから」

「……あの、ごめん蒼一朗。それはどっちで言ってるの？」

深紅は怪訝な目で俺を見ていた。

「なにが」

「恋人ごっこなの？　それとも……シラフで言ってる？」

「はは。バカだな、みーちゃん。恋人ごっこに決まってるだろ。今の俺は、赤井先輩に送ってもらった彼女に嫉妬してる彼氏役」

「だよね……うん、そりゃそうか……」

当たり前じゃないか。これは恋人ごっこ。そうじゃなければ、深紅に対してこんなガキみたいな突っかかり方をするわけがない。

「だいたい俺がシラフで嫉妬してどうすんだよ。俺たちは別に好き合ってるわけじゃないんだし、深紅が誰となにをしてようが、どうでもいいっての」

「な、なによ……そこまできつい言い方しなくても、いいじゃん……」

本当にそうだ。なんで俺は深紅にこんな乱暴な口を聞いてるんだろう。

わからないけど自分の意思とは無関係に、勝手に強い言葉が吐き出されていく。

「でも実際そうじゃないか。俺たちはおたがい、都合のいい遊び相手。そうだろ？」

「遊び相手って、そんな」

「違うのか？　じゃあ深紅にとって俺は、一体なんなんだよ」

ただの性欲処理係。都合のいい男。後腐(あとくさ)れなくすけべなことができる手頃(てごろ)なオス人形。

別にそう言ってくれていいんだぞ。俺だって深紅にそういう目を向けてるんだからな。

深紅はなにも言わない。ただ唇を噛み締めて、うつむいているだけ。

「……あたし、着替えてくる」

「待てよ！」

話を切り上げようとした深紅の腕を、強く摑(つか)んだ。

「ちょっ、離して！　なんか今日のあんた、ちょっと怖いぞ⁉」

「まだ答えてねーだろ！　深紅にとって俺は、なんなんだよ⁉」

「言わなきゃわかんないの⁉」

「わかんねーよ！　はっきり言え！　俺は都合のいい遊び相手だって言え！」

「あたしが世界一惚(ほ)れてる男だよ！　これでいいか、タコ！」

「…………え」

深紅と揉み合っていた俺は、その不意打ちに思わず力が抜けて。

意図せず深紅をソファーに押し倒してしまった。

「いたっ……もう、なんなの急に」

深紅を組み伏せる形になってしまったけど、謝ってる余裕すらない。

「な、なあ。いま言ったことって……その、本気、か？」

「当たり前じゃん」

柔らかい笑顔で、下から俺の頬を優しく撫でてくれた。

「あたしの気持ち……気づいてなかったの？」

鼻先数センチのところにあるその笑顔が注視できなくて。

俺は視線を外すように、深紅の白い首筋に顔を埋めた。

甘酸っぱく汗ばんだ女の匂い。今日も一生懸命、劇団の練習をしてきたことがよくわかる。

その努力の証をもっと味わいたくて、俺は深紅のしっとりした首筋に鼻先を押しつけたまま、深く息を吸った。

「んもう……まだシャワー浴びてないのに、変態じゃん。恥ずかしいぞ」

それでも深紅は突き放さず、むしろ俺の頭をぎゅっとかき抱いてくれた。

「……さっきは変な嫉妬心で突っかかっちゃって、ごめんな深紅」

「ううん。あたしのほうこそ、ごめん。先輩に送ってもらったこと、変に隠しちゃって」

顔が熱い。

頭もクラクラする。

キスをしたときなんて比べ物にならないくらい、俺は高揚していた。

だって俺たちは今、きちんと気持ちを確かめ合った。

「その……急にあんな告白されると、さすがに照れるわ。はは」

「なんでよ。いつも言ってるのに――あたしはそーくんが大スキだって」

「…………」

――バカだな、みーちゃん。恋人ごっこに決まってるだろ。今の俺は、赤井先輩に送ってもらった彼女に嫉妬してる彼氏役。

ああ、俺がふっかけたんだっけ。

深紅はさっきからずっと、俺と恋人ごっこをしてたんだ。

ただそれだけの、ことだったんだ。

「お、俺……深紅のことが……『好き』なんだ……」

もちろん深紅は、ちゃんと返してくれる。

「あたしも『スキ』だよ」

「……もっと言ってくれよ」

「スキ、スキ、スキ、スキ、スキ」

がばっと身を起こして、深紅の両目をまっすぐに覗き込む。

「俺は本気で好きなんだよ！　嘘じゃないんだ！　俺は本当に深紅がっ！」

「あたしも嘘じゃないよ。そーくんのことは本当にスキ」

「………………くくっ」

思わず笑ってしまう。

この最高に笑える恋愛喜劇に幕を引くために、俺は笑顔でソファーから立ち上がる。

「はは、今日もちょっと熱が入りすぎたな……恋人ごっこに」

「ほんとそれな」

深紅も俺に続いて、笑顔で身を起こした。

「最近の蒼一朗ってば、ままごと中でもあたしのこと、深紅って呼んだりするんだもん。もうどこまで本気で言ってるのか、わからなくなるときがあるよ。演技もうまくなってるし」

「呼び方に関しては深紅も同じだろ。たまに蒼一朗って呼びそうになってるくせに」

「なはは、そうなんだよねぇ……ちゃんと区別しなきゃとは思ってるんだけど」

ここが限界だった。

「俺、ちょっとコンビニ行ってくるわ。台所にシチューあるから、温めて食っといて」

「りょうか～い。気をつけてね～」

シェアハウスを飛び出して。暗い山道を転がるように駆け降りて。

行く宛もなく、海沿いの海岸通りをひたすら走り続けて。

例の岬までやってきたのは、体が無意識に行き止まりを求めていたんだと思う。

灯台付近の柔らかい芝生の上に、仰向けで倒れ込んだ。

「……はあ、はあ……俺、マジで……なにを、やってるんだろ……」

さっきの俺は本気で深紅に『好き』だと言っていた。

深紅は俺に好きになられることが一番怖いって、そう言っていたのに。おたがい絶対に好きにはならないって約束もしたのに。

それなのに俺は勝手に暴走して、変なことを口走って、バカじゃないのか。

恋人ごっことして誤魔化せて、本当によかった。

あの虚構世界は普段なら言えないことでも言える代わりに、すべてが嘘で処理される。

だから最高に優しくて——最高に残酷なんだ。

「……これで、よかったんだよ……これで……」

笑え。

道化のように笑え。

そしたら今日も世界は平和だ。笑顔は世界を平和にする魔法なんだ。

「ふはははははははははは！」

でも嘘笑いなんかしたところで、俺の心だけは、いつも決まって平和にはならない。

嘘のカップルから本物の恋人へ――そんなマンガみたいな展開はありえないし、俺だってそんなものは望んでいない。

じゃあなんでこんなにも、涙が溢れてくるんだろう。

「ぶははははは……う、く、あうううううう～っ！」

うずくまって、嗚咽を漏らしていたら。

後ろから芝を踏み締める靴音がした。

「鬱陶しいバカ笑いが聞こえると思ったら……なにやってるんですか？」

◇

灯台の岬でうずくまっていた蒼一朗さんが、振り返った。

真っ赤な両目からは涙がとめどなく溢れ、鼻水とよだれまで垂らしています。

「一体どうしたんです？　ただでさえ小汚い顔面が死んでますけど」

「ぐず……黄純ぃ……」

私の名前を口にした蒼一朗さんが、その砂だらけの手で、目と鼻と口を必死で拭う。でも涙も鼻水もまったく止まらなくて、ただ顔中を泥まみれにしただけでした。

「もしかして深紅ちゃんにフラれでもしました？　って、あは。そんなわけ」

「……もう……認める……認めで、やる……っ」

かすれた涙声でそう返してくる。

「深紅の演技はすごすぎるから、本物以上の恋人になりきるから、俺もそれに引っ張られでるだけだと思ってでだ……きっと俺は、深紅劇場の登場人物になりきってるだけなんだって」

いや深紅劇場ってなに？

「でもな……もう認める。虚構とか、現実とか、そんなの関係なしに、俺は、俺は……っ」

蒼一朗さんが両手の拳を、思いっきり芝生に叩きつけた。

「俺は間違いなく深紅が好きなんだよッッ！」

そう叫んだあとは、うずくまって嗚咽を漏らすばかり。

「あぐううう〜……っ！　深紅……深紅が、好きだ……っ！　好きなんだ深紅……っ！」

そのあまりにも無様で、死ぬほど格好悪い姿を見た私は、
なんて素敵なんだろう――と思った。

だってこれは紛うことのない『本当』の姿だから。

恥も外聞もすべてを曝け出した、嘘がひとつもない裸の人間の姿だから。

私はもう我慢ができなくなって。

みっともなく泣き続けるその男の子を。

力いっぱいに、抱きしめていた。


「あう、あううう っ! 深紅、深紅ぅ〜……っ!」

「……ふふ。よしよし。そんな蒼一朗さんが、私はスキですよ」


こんな男、普通はいない。

仮にも女に抱きしめられているのに、別の女の名前を叫び続ける男なんて、絶対にいない。

ああ……なんて綺麗な人だろう……何一つ取り繕ってないし、カッコつけたりもしていない
……こんなにも綺麗な人が、世の中にいるんだ……。

やっぱりこの人しかいない。

私のお願いを聞いてもらう相手は、絶対にこの人がいい。

私はここまで『本当』を見せてくれた蒼一朗さんに、ある種の愛しさを感じていた。

第十話

本当を隠さない彼女

This is just a play house

俺と黄純は岬に隅っこで横並びになって、静かな夜の海を眺めていた。

「まさか妹として見てた相手にガチ恋してたとは予想外ですが」

「うぐ……」

さっきまで俺は、黄純にしがみついてめちゃくちゃ泣いていた。しかも「深紅ぅ、深紅ぅ」って連呼しながら、ガキみたいに泣き喚いていたんだぞ。もうマジで地獄。

「だいたいままごとでスキスキ言ってるうちに本気になったとか……なんですかそれ。蒼一朗さんって、そんなので恋しちゃうようなウルトラ愚者だったんですか？」

「だ、だからそれは、あくまできっかけで……って、それよりちょっと聞いていいか」

「どうぞ」

「黄純はさっきから恋って言ってるけどさ。俺のこの気持ちが……恋ってことでいいのかな」

「は？　いやそりゃそうでしょ？　気持ちが届かなくてギャン泣きしてたくせに」

「そ、そうなんだけど……深紅のことは間違いなく、一人の女の子として好きなんだけど」

改めて深紅への好意を自覚したせいで、正直ちょっと混乱している。

「その……『恋』ってやつと、そういう『好き』は、同じと考えていいのかなって……」

俺は昔、好きな女の子に告白したことがある。もちろん異性として真剣に好きだった。

だから疑う余地もなく、俺はそれが恋だと思っていた。でも深紅に対する今の気持ちとは、なにかが違うんだ。その違いを言語化できないから混乱している。なにをもって恋とするのかが不明瞭で、その単語を使われると微妙に引っかかってしまうんだ。

「す、すごく難しいこと言いますね。一人の女子としての『好き』は、イコール『恋』なのか。なんとなく別物な気がしますけど、なにが違うのかは……私にもわかりません。はっきり答えられない以上、私も恋ってなんなのか、まだよくわかってないんでしょうね」

でも間違いなく好きなんですけどねえ……と小さく付け加えて、ため息。

そういや黄純にも、誰か好きな人がいるんだっけ。

「……恋の定義がよくわからないなんて、俺たちはまだまだお子様ってことなのかな」

「でもそもそもの話、自分の気持ちに絶対の自信を持って『これは恋だ!』って言い切れる人なんて、いったい世の中に何人いるんでしょう。みんな案外、ただの好きか、それとも恋か、よくわからないまま告白して、結婚して、恋人や夫婦をやってるのかもしれませんよ」

「……どうなんだろうな」

好きと恋の違い。

それは俺もまだ、根本的な部分ではよくわかってないいんだけど。

でも俺は間違いなく、深紅が好きだ。一人の女の子として。

だからといって、特別なにかしたいとは思ってない。

さっきは勢いで深紅に告白してしまったけど、なんとか嘘で処理できて本当によかったと思っている。もしあれを本気で受け取られていたらと考えると……俺は心底怖い。

それは俺と深紅の今の関係を壊すことにも、なりかねないんだから。

「……黄純からすれば、『とりあえず好きなら好きで、もう一度ちゃんと告白しろ』とか思ってるかもしれないけどな。でも俺は」

「思いませんよ。思うわけがないです。私だって告白ができない立場なんですから」

黄純は深いため息をついた。

「さっさと告白しろ、なんて言えるのは、いつだって責任が伴わない第三者です。もう素直になれ。当たって砕けろ。全部、外野の戯言ですよね。私は恋愛において、そんな第三者のアドバイスを一切認めません。周りはいつも『とりあえず好きなら、さっさと告れ』と言う。でもそんなの当事者からすれば――――ああ、今一つだけわかったことがあります」

ぽんと両手を打って、俺を見る。

「少なくとも〝とりあえず〟で告白できる程度の『好き』は、絶対に『恋』じゃありません」

「……そうかも、しれないな」

仮に関係が壊れても多少の喪失感で済む相手なら、俺も「とりあえず」で告白するし、実際に今まで好きだった女の子にはそうしてきた。

でも深紅だけは駄目なんだ。「とりあえず」で告白なんて、一番したら駄目な相手なんだ。

そう考えている時点で、やっぱり俺は、深紅に恋をしているんだろうな……。

「ま、なんにせよです！」

黄純が明るいトーンで話を切り上げようとした。

「恋かどうかはともかく、蒼一朗さんが深紅ちゃんを好きになっちゃったことはもう十分に理解しました。というわけで、そろそろ私の本題に入ってもいいですか？」

「ああ……そういや黄純は、なんか俺に話があるんだっけ」

黄純はそれでシェアハウスに向かっている途中、岬に走っていく俺を見かけたそうで。

最初は明日にしようと思ってたらしいけど、やっぱりシェアハウスに行くなら今夜のほうが無難だと思い直して、こんな遅い時間なのに急いで家を飛び出してきたんだと。

その「無難」がなにを指しているのかは、まったくわからんけど。

明日と今夜でシェアハウスに違いがあるとすれば、アヤ兄がいるかいないかくらいなんだけど……まあ関係ないか。仮に黄純もアヤ兄が今夜まで不在ってことを知っていたとして、わざわざアヤ兄を避ける理由がないもんな。

「それで、私の話っていうのはですね」

「先に言っとくけど、美術部のことなら俺、辞める気はないぞ」

「私に泣かされて逃げ出した人が言っても、説得力はありませんが」

……まあな。事実俺は今日、美術部に行かなかったわけで。

だってこいつ、ちょっと怖いんだもん……急に殴ったりするし。

「あと私の話っていうのは、それじゃありません。部活は正直、どうでもいいんです」

「じゃあなんだよ」

「簡単なお願いですよ。私とも『ままごと』してください。ただそれだけです！」

「……なんだ。そんなことか」

わざわざ夜にシェアハウスまで来ようとしてたくらいだし、もっと深刻な話かと思った。

「そんなのお安い御用だっての。ままごとぐらい、いくらでも付き合ってやるよ」

「やった！　蒼一朗さんならそう言ってくれると信じてました！」

黄純はカバンからフリスクを取り出して、自分の口に一粒入れると。

「どうぞ」

「おう。さんきゅ」

なにも言ってないのに、俺の手にもフリスクを数粒出してきた。もらうけど。

「じゃあさっそく、キスしましょ？」

ぶはっ、と口に入れたばかりのフリスクを吐き出しそうになった。

「急になんの話だ」

「だから。ままごとですけど。蒼一朗さんと深紅ちゃんが普段やってること。私もそれをやりたいんです♪」

「えっと……冗談、だよな？」

「あのー、私は嘘が嫌いだって言いましたよね？　こんな下品な冗談、言うと思います？」

いつもと変わらない、ピュアいと評される笑みだった。

「私、キスまで入れたままごとをやっていた二人が、ずっと羨ましかったんですよ」

「お、おい。近いって。ちょっと」

「あれを初めて見た小四のとき。私はとにかく驚いて、心底きもいと思って、でも心臓がずっとドキドキ鳴っていて……夜はまったく眠れませんでした。兄妹とか言っても、結局は性欲に逆らえなくて、本能のままキスしちゃう二人の姿に……す、すごく興奮してました」

「なあ黄純。とりあえず、一回離れろ」

「それ以来、私は二人のままごとを、キスしてるところを、ずっと隠れて見てました。素敵だなあ、私も仲間に入れてほしいなあって思いながら、ずっと隠れて見てました」

「だから待てって！」

乱暴で申し訳ないけど、強引に身を寄せてくる黄純を突き飛ばしてしまった。

「いった～。もう、なにするんですか。私とキスをするのは嫌なんですか？」

「嫌(いや)とかじゃなくて……できるわけないだろ。だってそういうことは」

「好きな人とするものだ〜っ！　とか言って、私を笑い死にさせないでくださいね？」

……穴があったら入りたい気分だった。

「わ、わかったよ。確かに俺にそんな綺麗事(きれいごと)を言う資格はないよ。でもだからって」

「だめなんですか？　深紅ちゃんとはキスしてたくせに、なんで私だとだめなんですか？」

「だって……黄純には好きな人がいるんだろ」

「深紅ちゃんなんて、彼氏がいますけど？　それでもキスしてた阿修羅(あしゅら)は誰でしたっけ？」

「…………」

「ね？　それに比べたら私とのキスなんて健全だと思いません？　むしろちょうどいいと思いませんか？　私も蒼一朗さんも、好きな人には告白ができない。だから二人で慰(なぐさ)め合う。ちなみに私はキスだけじゃなくて、もっと先までしたいです。たとえばほら、おたがい好きな人のカラダを想像しながらしてみるとか……やば。それめっちゃいいかも……くふ」

「い、いや、マジで待てって。だってそんなの、ままごとでもなんでもなくて、その」

「はい。セフレですよね。ようするに私、蒼一朗さんとセフレになりたいんです」

俺があえて口にはしなかった単語を、黄純はまるで躊躇(ちゅうちょ)なく言葉した。

「蒼一朗さんと深紅ちゃんのままごとも、セフレみたいなものでしょ？　本能に忠実なあなたは、ままごとを言い訳にしつつ、たとえ妹が相手でもキスができた人。求められたら応じてしまう男の子。だから私、性の捌け口としてちょうどいいなって」

「せ、セフレとか、性の捌け口とか、さっきからいったい、なにを……」

「えへへ……ちょっと恥ずかしいですけど、もう正直に言いますね」

黄純は緩い笑顔のまま、日常会話のように告げた。

「私、蒼一朗さんのことは、昔からずっと性的な目で見てました」

「っ⁉」

反射的に体がのけ反って、距離を取ってしまった。

「――そこであなたが怯えるのは、ずるくないですか？」

黄純が四つん這いでにじり寄ってくる。

その表情からはもう、一切の笑みが消えていた。

「そっちだって前からずっと、深紅ちゃんにそういう目を向けていたくせに。自分を棚上げにして、あなたにすけべな目を向けている私を怖がるんですか？」

「だ、だってそんなこと、その、ストレートに口に出されると」

――やっぱり俺は、黄純が怖い。

「私は『本当』のことを言っただけです。それとも女の私が言うからだめなんですか？」

──嘘が嫌いだと豪語するこいつは。

「一応言っときますけど、私は蒼一朗さんに恋愛感情は一切ありません。女だって恋愛と性欲は別ですし、男の体にさわりたいとも思ってます。だから女性用風俗とかもあるんです」

──こいつは誰も口に出さないようなことを、包み隠さずぶつけてくるから怖いんだ。

「誰でもいいってわけじゃないんです。私は蒼一朗さんとやらしい遊びがしたいんです。これでも私、勇気を出して言ってます。気持ち悪いと思われるのも覚悟して言ってます。だから」

俺は黄純を見つめたまま、なにも言えなかった。

ただ怖いとだけ、思っていた。

「…………そうですか」

黄純がゆっくりと顔を伏せる。その表情は、垂れた前髪に隠れて見えない。

「きっと蒼一朗さんなら、こんな私でも受け入れてくれるかもって期待したから、勇気を出して言ったのに……やっぱりあなたも、私をそんな目で見るんですね」

「い、いやその、俺は」

「……私はそんなに、みんなと違いますか？　きっとみんなが少しくらいは思ってるようなことを、ただ正直に言ってるだけなのに」

うつむいている黄純の真下で、いくつか水滴が跳ねた。

「大人になるにつれて、変な性欲が高まってくるんです……自分でも怖いと思うほど、エッチなことに興味が出てくるんです。でもそんなの、男も女も同じじゃないですか」

黄純は下を向いたまま、手の甲で目元を拭う。

「好きでもない人と、キスがしてみたいと思うのは変ですか。セックスがしたいと思うのは変ですか。私だけが変なんですか、私は淫乱ですか、私はアタマがおかしいんですかッ⁉」

思春期の情動に圧壊されそうになっている、幼い少女の絶叫だった。

完全に呑まれていた俺は、指一本動かすことができない。

やがて――――。

「……な、なーんてね。にゃははは～」

やっと顔をあげた黄純の表情は、明らかな嘘笑いだった。

「冗談ですよ。全部冗談。ちょっとからかってみただけです。怖かったですよね？　にゃはは」

「………………黄純、お前」

「そんなわけで、今のはぜーんぶ嘘です！　だいたい私には好きな人がいるのに、セフレなんて作れるわけありませんし。あ、まさか本気にしました？　このどすけべ。あー、きしょ」

国枝黄純っていう女の子は……きっとすごく純粋なんだと思った。

嘘が嫌いで、自分の本心を素直に正直に言いたいのに、それを口にしたら相手にドン引きされることもわかってるから。きっと今の俺みたいに奇異の目を向けられることが怖いから。

だからいつも口を閉ざして。周りとも距離をとって。すべてを嘘笑いで誤魔化して。

そうやって自分の『本当』を、ずっと押し殺しながら生きてきたんじゃないだろうか。

「……悪かった。その、怖がったりして。そうだよな、黄純はただ正直に」

「なんのことかわかりませんよ」

黄純はスカートのお尻をぱんぱん払いながら立ち上がった。

「そろそろ帰ります……話を聞いてくれて、ありがとうございました……」

「待てよ黄純。ままごと、したいんじゃないのか」

「あは。なに言ってるんですか。そりゃ興味はありますけど、好きな人がいるのにキスをするとか、やっぱり不誠実ですよ」

「だからキスはできないけど……それ抜きでいいなら、やろうぜ」

「…………？」

◇

「違う違う！　私がやりたかったのは、そういうことじゃなくて！」

「いいからいいから。ほらきーちゃん、お口『あーん』しな？」

月光に照らされた岬(みさき)で、私は蒼一朗さんにフリスクを食べさせられそうになっていた。

「だいたい、きーちゃんってなんですか⁉」

「愛称だよ。そっちも俺のことは『そーちゃん』とか、なんか甘ったるい呼び方しろ」

「私は蒼一朗さんたちが普段やってることに興味があっただけで、こんな……っ！」

「だから。これが俺と深紅の、普段の恋人ごっこだけど」

「…………待って。二人は高校生にもなって、こんなアホなことを平気でやってるんですか」

「ああ。あと『宇宙一しゅき～』とか言い合ってる。恥ずかしいけどな」

私は絶句した。

本当に普段からこんなことをやってるなら、二人とも常軌を逸したド変態です。

「まったく……ただのセフレみたいな関係だったほうが、まだまともでしたよ……」

「じゃあ俺、仕事に行ってくるから晩飯は頼むな」

「続けるんですか⁉」

「ままごとがやりたいって言ったのは黄純だろ。俺たちは同棲中のラブラブカップル。ここからは黄純が一人で料理をするターンな。包丁を持ったテイで、こうトントントンってやれ」

「いやです！」

「なんだよ。恋人ごっこが嫌なら、兄妹ごっこにするか？　やることはあんま変わらんしな」

「設定の話はしてません！」

「わかったわかった。俺も仕事を休むから、もう一緒に料理しようぜ？　野菜は俺が切っとくから、黄純はフライパンに油引いといて」

こんな恥ずかしいことを、この人たちはどんな気持ちでやってたんだろう。

イカれてます。おかしいです。狂気の世界です。

「トントントン……ほい、野菜切ったぞ。あとは黄純が炒めてくれ」

「え、えっと、じゅ、じゅうう～……とか？」

「おい、なんだそれは。こういうのは適当にやると寒いんだ。やるならもっと真剣にやれ」

「なんでそんなところで真面目なんでしょうか」

こんなのもう、セックスより恥ずかしい。

いや、したことないからわかりませんけど。でも断言する。絶対それ以上に恥ずかしい。

「さ、黄純。いただきますしようぜ」

「……いただきます」

「どうだ、お兄ちゃんが切った野菜は？　うまく切れてるだろ？」

「結局は兄妹ごっこになったんですね」

もうなんでもいいや。

やけになった私は、存在しない茶碗と箸を手に、存在しない料理を口にした。

「おいし～っ！　お兄ちゃん野菜の切り方上手～っ！」

「そうだろそうだろ。なあ黄純、テレビつけてくれ」

「はーいっ！　わあ野球やってるぅ！」

「お、我が阪神が宿敵巨人に10点差もつけて勝ってるじゃん。しかも完全試合だってよ。今年はもらったな」

「あははっ！　すごーい！」

なんだろう。

こんなの嘘のままごとなのに。死ぬほど寒いことをやってる自覚もあるのに。

所詮はフィクションだけど、一般的な家族の団欒って感じが、まあ……しなくもなくて。

なんていうか……腹の立つことに……。

家族、か……。

「ねえねえ、お兄ちゃん！　今度甲子園に連れてって～！」

「はは、いいぞ。黄純が望むならどこにでも連れてってやるさ」

そこで私たちの背後から、芝を踏み締める音がした。

「……えっと。あは。楽しそうだな、おい？」

深紅ちゃんだった。

見られた。最悪。もう死にたい。

●

第十一話

嘘でも本物の彼女

This is
just a
play house

夜の岬で黄純とままごとをしていたら、深紅がやってきた。

「なかなか帰ってこないし、心配して出てきたら……黄純と遊んでたんかい」

「お、おう。兄妹ごっこしてた。あ、深紅も一緒にやる？　兄妹ごっこ」

「…………………」

深紅は無言で俺を睨みつけたあと。

「……やるわけないでしょ」

あれ。なんかこいつ、急に不機嫌になってない？

なんで？

「あたしは帰るから、どうぞ楽しんで。黄純は終電に気をつけてな」

「お、おい待てよ。なに怒ってんだよ」

芝生から立ち上がって、深紅の腕を掴んだ。

「もしかして、俺が黄純とままごとをしてたことが気に入らないのか？」

「………あんた、本当にわからないんだ」

「え？」

「もういい。勝手にしろハゲ」

俺の手を振り払って立ち去ろうとする。

「ぷくすー。ハゲですって」

黄純が横でうざい笑みを漏らしていたけど、もちろん無視。

「なあ。なんで怒ってるのか言えって。そりゃコンビニに行くって言って出ていったきり、なかなか帰らなかったのは俺も悪かったけど」

「それもあるけど、一番はそこじゃない」

「じゃあなんだよ」

「だからもういいってば」

本当にわからなかった。

むしろ俺はこいつにフラれた側なのに、なんだか逆に責められているような気分になって、

「……ふん。やっぱり俺が黄純とままごとをしてたことに、拗ねてるんだろ」

吐き捨てるように、そう返してしまった。

「全然違う。なんでそうなるの」

「どうせ自分以外とは遊んでほしくないみたいな、そんなガキみたいな理屈で――」

「だから違うって言ってんだろ、このスーパー鈍感野郎ッ！」

激昂した深紅が掴みかかってきた。

「お？　な、なんだよ、やるのか。やるんだな？　お、おうこいよ」

そのまま二人で取っ組み合いになる。そして俺はちょっとびびっている。

「も〜、ケンカはやめましょうよ。どうせ蒼一朗さんが勝てるわけないんですし」

言うな。俺だってわかってるんだよ。

うちの一族はみんな祖父さんから空手も習っていたけど、天才・姫芭蕉深紅はそこでも例の集中力を発揮して、あっという間に親戚のなかで一番の実力者になったからな。

てゆーか俺が弱い。たぶん黄純にも負ける。

でもこのケンカは引けない。

だって深紅はいま俺に「スーパー鈍感野郎」と言ったんだぞ。

それを言うなら深紅のほうこそ、俺の気持ちに気づかないミラクル鈍感野郎じゃないか！

「思いっきり殴ってやる……！　あんたなんか、あんたなんかねえ……っ！」

「お、おお、殴れよ？　殴ってみろよ？　お、俺が暴力に屈する男だと思うなよ？」

「だからやめましょうって二人とも。蒼一朗さんのそのセリフも、めっちゃ雑魚っぽいし」

生温い夜風が吹きつける岬で、俺たち三人が揉み合っていると。

「おいおいおい。なにやってんだお前ら。とりあえず、その辺にしとけ」

岬にもう一人現れた。

金髪ツーブロックのガタイがいい大人。呆れた顔のアヤ兄だった。右手に長旅用のキャリーケース、左手には白い布で包まれたなにかを抱えている。

「なんか揉めてる連中がいるなあ、と思ったらまさかのお前らかよ。なんでケンカしてんだ」

「いや、これはその……別に……」

さすがに大人の前でケンカなんかしても、いいことなんて一つもない。

俺も深紅も釈然としない気分のまま、しぶしぶ相手から手を離した。

「おかえりアヤ兄……それなに？」

膨れっ面の深紅が指差したのは、アヤ兄が左手に抱えていた白い布。四角くて平べったい形をしている。

ピリついた空気を払拭したかったのか、アヤ兄は努めて明るく言った。

「おう。じつはな、帰ってくる前にちょっと深紅の実家に寄ってきたんだよ。そこでおばさんから預かってきたんだ。今度プラ犬の舞台に立つ、お前へのプレゼントだとさ」

アヤ兄はその白い布を解いて、中身を掲げた。

それはA3サイズの額に収まった、水彩画だった。

行儀よくスツールに座った少女が、少し照れた笑顔で目線をよこしている絵。

絵に描かれている少女は、幼い頃の深紅だ。たぶん小四くらいの。

「へえ……いい絵ですね。深紅ちゃんのお母さんが描いたんですか？」

黄純の言葉に、アヤ兄が「ああ」と頷く。

同時に俺の記憶が、鮮明に蘇ってきた。

……そうだ。なんか見覚えがある絵だと思ったけど、おばさんがあれを描いたとき、俺もその場にいたんだ。

小四の夏。祖父さんの屋敷の一室で、おばさんと俺は、深紅をモデルにして絵を描いた。

俺が描いた深紅は死ぬほど下手で本人から激ギレされたけど、おばさんの絵はすごくうまくて、深紅もとても喜んでいたのを覚えている。おばさんの筆遣いが達者だったのはもちろん、なにより娘への愛情がたっぷり籠っていたから。

……うん、間違いない。あれはあのときの絵だ。懐かしいな。

「それ、実家の居間に飾ってあったやつじゃん。プレゼントってどういうこと？」

絵の中で微笑んでいる深紅とは違い、現実の深紅はまだ不機嫌だった。

「勝手なことして悪ぃんだけど、俺、おばさんにも深紅の舞台を観にきてくれないかって誘ったんだよ。でも仕事の都合がつかねーらしくてな。代わりと言っちゃなんだけど、自分が愛情を込めて描いたこの絵を深紅に渡してほしいって。離れていても愛してるって意味だとよ」

「ふん……なによ。結局自分は来れないんじゃない。別に来てほしくもないけど」

深紅は鼻で笑った。

「だいたいそんな絵だっていらないし。どうせママも処分に困ってたから、あたしに」

俺はそこで、つい口を挟んでしまった。

「おい。そんなに捻くれたこと、言わなくてもいいじゃないか」

しかもさっきのケンカが尾を引いていたからこそ、少し棘のある言い方になってしまう。

「素直に受け取れよ。おばさんだって本当は観に行きたいのに行けないから、せめて娘になにか贈りたいって思ったんだろ。この絵だって、今も愛してるって意味らしいじゃん」

「……今さらそんな、家族ごっこみたいな真似されてもね」

俺は深紅の家庭事情をよく知らない。だから本来なら口出しをしていいことじゃない。

ただ自分でも本当にガキだと思うけど、俺はずっと苛立っていたんだ。

深紅が俺に対して怒った理由が、未だにわからないから。

そして――俺がフラれた直後だったから。

「ごっこじゃないだろ。俺たちとは違って」

だから次に俺が言ったことは、本当に最悪だった。

「深紅のお母さんは本当の家族だろ。俺たちがやってるごっこ遊びとは違うじゃないか」

「……ごっこ遊びって……それは、どれのことを、言ってるの」

「全部だよ！」

もう自分でも止められなかった。

「俺たちは最初から全部、ごっこじゃないか！　恋人ごっこで、兄妹ごっこ！　俺たちがやってることは全部ただのままごとだ！　所詮は全部、本物の真似事だろうが⁉」

「蒼一朗。もういい。そこまでだ」

アヤ兄が割り込んできたけど、もう遅かった。

「……あは……そうよね……うん……わかってた」

深紅は引き攣った笑みを浮かべていた。

両目いっぱいに涙を溜めながら。

「あんたとは……全部……ごっこだもんね。恋人も、兄妹も、家族も、全部嘘で……あたしたちがやってることは、所詮はただの、ままごと……偽物だもんね……」

「……ぁ」

そこで俺はやっと冷静になる。

「す、すまん。今のは、言いすぎた。その……」

「うるさい！」

涙を拭った深紅は、アヤ兄が抱えていた母親からのプレゼントを掠め取って。

「こんな絵だって、いらないもんッ！」

母親が描いてくれたその絵を、額縁ごと暗い海に向かって、深紅はじりじりと後ずさる。

「おい深紅なにを――――っ⁉」

投げ捨てた。

絵を飲み込んでしまった漆黒の海を見つめたまま、深紅はじりじりと後ずさる。

「…………あ、ぁぅ……」

まるで自分が衝動的にやってしまった今の行為に、恐怖しているかのように。

「な、なあ、深紅」

「〰〰〰〰ッ！」

俺がその肩に手を伸ばすよりも早く、深紅は踵を返して駆け出してしまった。

「待てよ深紅！　どこ行くんだよ⁉　おい⁉」

なにも答えずに走り去る。深紅の背中からは、追いかけることすら許してもらえない、本物の激情が放たれていた。

その場に残された俺たちは、ただ呆然と突っ立っていることしかできない。

岬に打ち寄せる波の音だけが、静かに聞こえていた。

深紅の大事な絵を飲み込んだくせに、波の音は無情にも普段と何一つ変わらなかった。

アヤ兄が後頭部をぼりぼり掻く。

「なんでケンカしてたのかは知らねーけど……今のはまずいぞ、蒼一朗」

「……ああ。ほんとだよ……どうしよう」

黄純が「あのー」と言いながら、おずおず挙手した。

「とりあえず……探します？　深紅ちゃんが投げちゃった絵」

アヤ兄と俺と黄純の三人で、岬の下に広がる砂浜に降りる。

岬は海面にせり出しているため、砂浜から先は完全な岩礁地帯だ。暗い夜に岩礁を渡るわけにもいかず、俺たちはスマホのライトを頼りに浜のほうから目視で探す。

もちろんそう簡単に見つかるはずもなく。

「だめだ。浜辺には見当たらねーし、海は暗すぎて全然見えねえ。今日は諦めて帰ろう」

アヤ兄が早々に、捜索の打ち切りを宣言した。

今日は諦めてって言うけど、明日になったところで見つかる可能性はほぼゼロだ。波に飲まれてしまった時点で、普通はもう出てくるわけがないんだから。

俺が余計なことを言っちまったばっかりに……くそ。

「ひとまず黄純を家まで送ってくるわ。蒼一朗は先に帰ってろ」

「あ、い、いえ。私は一人で帰れますから。送ってくれなくても大丈夫です」

なぜか黄純は渋る。

「ダメだっての。蒼一朗は家に着いたら、まず俺に一報入れろ。もし深紅がまだ帰ってなかったら、俺がそのまま探しに行くから。どっちみちお前はもう家で待機だ。いいな？」

「うん……本当にごめんアヤ兄。長旅で疲れてるのに、俺のせいでこんな」

「……ったく。そもそもお前らのケンカの原因ってなんなんだよ」

「俺もわかんないんだよ……その、黄純と兄妹ごっこをやってたら、あいつも来たんで、深紅も一緒に兄妹ごっこやるかって聞いたら急に――あ」

もしかして……そういうこと、なのか？

アヤ兄が肩をすくめた。

「なあ蒼一朗。前に三人でメシ食ってるとき、深紅が急に不機嫌になったことがあっただろ」

「……あ、ああ。カレーの日だよな。確か家族ごっこみたいな話になって……」

――お、なんかそれ、ままごとみたいで面白いな！　誕生日は俺のほうが早いから、俺が兄貰ってことで！　ほれ妹よ、『おにーちゃん』って呼んでみろ！

――そして俺のことは『お父様』と呼べ。いや『パパ』も捨てがたいが。

――そんなままごと、まったく興味ない。蒼一朗まで乗っかるなんて……なんなのハゲ。

「あのあと俺、深紅に不機嫌になった理由を聞いたんだよ。そしたら深紅はこう答えたんだ」

アヤ兄はまっすぐに俺を見た。

「家族ごっこなんかしなくても、蒼一朗とは最初から本物の兄妹で家族だって。本物の家族と家族ごっこなんておかしいだろって」

「……っ！」

やっぱり、そういうことなんだ。だからさっきも。

——お、おう。兄妹ごっこしてた。あ、深紅も一緒にやる？　兄妹ごっこ。

——……やるわけないでしょ。

俺は救いようのない、馬鹿だった。

「よかった……ちゃんと帰ってた」

玄関で脱ぎ散らかされた深紅のスニーカーを見て、ひとまず安堵する。

そのままシェアハウス二階の八号室、深紅の部屋に向かう。

ドアをノックしようか迷っていると、部屋の中から微かに声が聞こえてきた。

「……………ぐす……ちーんっ！」

深紅の啜り泣きと、鼻をかむ音だった。

——俺たちは最初から全部、ごっこじゃないか！　恋人ごっこで、兄妹ごっこ！　俺たちがやってることは全部ただのままごとだ！　所詮は全部、本物の真似事だろうが!?

あんなの普段の俺なら絶対に言わないし、思ってもないことなのに。

それなのに、どうしてさっきは……。

はは。「どうして」じゃねーだろ。理由なんてわかりきってるじゃないか。

最近の俺は、恋だなんだと考えてばかりで。

一番大事なことを、見失っていたからだ。

「……うえええぇ……ごめんママ……蒼一朗……ふえぇぇ～……」

好きと恋の違いとか。

フラれたとか、想いが届かないとか。

死ぬほど、どうでもいい。

──うん……あたしたちは兄妹。家族。おたがい世界で一番大切な存在。

深紅は俺にとって、一番大切な奴だという事実は、なにがあっても変わらないのに。

でも俺は恋愛感情なんてものに振り回された結果、その大事な深紅を傷つけて。

あんなひどいことを言って。こうして泣かせてしまって。

お母さんの絵まで……捨てさせてしまって……。

「……ん……泣いても、しょうがないもん……ママの絵も……戻ってこないもん……ぐす」

俺はもう、自分自身が、とことん許せねーよ。

静かに自室に戻った俺は、電気もつけずに机に座って、目を閉じた。
自分の記憶を丁寧に丁寧に――遡っていく。

それから土日を挟んで、月曜の朝。

俺がリビングに降りた時点で、深紅はもう学校に行っていた。

あの岬で深紅が例の絵をぶん投げて以来、俺たちはシェアハウスで顔を合わせることはあっても、会話らしい会話はほとんどしていない。

でも今はそれでいい。俺にはまだ謝る資格すらないんだから。

「おう蒼一朗。ずいぶん遅い起床だな。学校間に合うのか――って、なんだそのクマ」

テーブルで一人食パンをかじっていたアヤ兄が、俺の死んだ顔を見て驚いていた。

「ああ、最近あんまり寝てなくてな……」

「ったく。寝不足になるまで毎晩なにやってんだか。どうせエロ動画でも見まくってんだろ」

「ところでアヤ兄、例の絵は……？」

「……まだ連絡はねーな」

波に飲まれてしまったあの絵は、一応警察に遺失届を出しておいた。

もちろんそれとは別に、俺もアヤ兄も浜辺に打ち上げられてないか何度も確認しに行っているけど、まだ発見には至ってない。警察のもとに届く可能性もかなり薄いと思う。

「今朝も俺、散歩がてらに一人で岬のほうまで行ってきてよ」

アヤ兄がコーヒーを啜りながら言った。

「そしたら岬の下で深紅に会ったんだ。日課のジョギング中とか言ってたけど、わざわざあんな岩礁帯のほうを走るわけないだろ？　たぶん深紅も探してたんだと思う。自分が捨てちまったお母さんの絵を」

「…………なあアヤ兄。ちょっと見てほしいものがあるんだけど」

「ん？　それはいいけどお前、早く準備しないと学校に遅刻――」

俺が手に持っていたそれを見せると、アヤ兄は息を呑んだ。

「……お前、こんなのどうやって」

アヤ兄の反応を窺いながら言う。

「俺、あいつに関する記憶には自信があるんだよ……深紅マニアだからな」

学校でも深紅とは一切喋らなくて、そのまま放課後になる。

深紅は劇団の練習に向かい、俺は自分の画材道具を持って美術室へ。

美術部の先輩たちは誰もいなくて、今日も黄純が一人で絵を描いているだけだった。

「あ、今日はちゃんと来たんですね。深紅ちゃんの様子はどうですか？」

「いつもどおりだよ。俺とはほとんど喋ってないけど。劇団の迎えとかもアヤ兄に任せてる」

「……なんか長引きそうなケンカですねえ」

俺は適当な机に自前のアルタートケースを置いた。作品の持ち運びに重宝する硬い鞄だ。

そのアルタートケースの中から、一枚の水彩画を取り出す。

「あ、結局見つかったんですね。その絵」

そう言ってもらえたんで、俺は少し安堵する。

「深紅ちゃん喜んでました？　おばさんって本当にいい絵を描きますね——って、あれ？」

アルタートケースから、二枚目、三枚目……と続けて取り出す。

合計四枚の水彩画が机の上に並んだ。

それは全部、色合いや版面率が微妙に違うだけで、同じモチーフの絵。

行儀よくスツールに座って微笑んでいる、小学四年生の深紅を描いた絵だった。

「……なんで同じ絵が、何枚もあるんですか。まさかとは思いますけど、蒼一朗さん」

その明らかな非難の目を真っ向から受け止める。

「そうだよ。これは全部、俺が描いたんだ。贋作ってやつ」

深紅の母親が描いた本物の絵は、海に消えてしまった。もう探してもきっと見つからない。

だから代わりに、俺が描こうと思った。

「ま、待ってください。じゃあ深紅ちゃんを騙すつもりですか？　そんな嘘の絵で……」

「騙してみせる」

最低なのはわかってる。

深紅に『嘘』をつくわけだから。

でも嘘はバレなければ嘘じゃない。俺が限りなく本物に近い偽物を作ることで、深紅に「お前のお母さんは今でも深紅のことを大切に思ってるぞ」と伝えられるのなら。

それで深紅が少しでも、笑ってくれるのなら。

俺はいくらでも嘘をつく。たとえ悪の所業だとしても。

「いやいや、さすがにバレますって。だって深紅ちゃんは本物の絵を何度も見てるわけですよね？　塗り一つで絶対にバレます。他の人ならまだしも、深紅ちゃんを騙すなんて絶対」

「俺、模写だけは得意なんだ。小さい頃からそればっかりやってたから」

「そんな模写って言っても、見本はもう海の底……ですけど……あれ。じゃあこれはどうやって描いたんですか？　こんな細部まで」

「おばさんがあの絵を描いたとき、俺もそこにいたんだよ。今なら鮮明に思い出せる。だからその記憶を頼りに描いてみた」

「…………記憶だけで？　そんな、小学生の頃の記憶だけで？」

「ああ」

記憶のなかの絵を脳内で完璧に再現して見本にする。あとの工程はいつもと同じ。実物があるかないかの違いだけで、見本の絵をそっくりそのままトレースするだけ。

画家のなかには、記憶だけで写真レベルの精密な風景画を描いてしまう人もいる。もちろんその域には遠く及ばないけど、これは幼い深紅が椅子に座ってるだけのシンプルな絵だから、俺でもやれる自信は十分にあった。

それにあのときは俺もおばさんと一緒に、同じ構図で下手な深紅を描いたんだから。

唖然としている黄純の手から、一枚の贋作を抜き取る。

「アヤ兄にも確認してもらったけど、これが一番本物に近いかもって言ってた。だからこの絵をベースに、もっと細部までもっと完璧に、最初から作り直そうと思うんだ」

その贋作を横に置いて、まっさらな水彩紙を机に出す。

下描き用の鉛筆を手にして、全神経を研ぎ澄ます。

もっと細部まで、もっと完璧に、寸分違わず思い出せ。

色彩、版面率、質感、塗りの厚さ……すべてを完璧にトレースしろ。

たとえ神経が焼き切れても構わない。

だからもっと。もっと。もっともっともっともっとよく思い出せ。

記憶の水底を泳ぎながら、俺は鉛筆を走らせていく。

「……いるんですよね。見本もなしに、本物そっくりに描いてしまう贋作家って」

黄純が小さく漏らした。

この絵は見た目だけが本物そっくりでも、意味がない。
一番重要なのは、そこに込められた想いだ。
どんなに秀逸な贋作家でも、人の想いだけは決してトレースできない。
だから俺は、ありったけの自分の気持ちを、その贋作に注ぎ込む。
俺はまだ、深紅のことが好きだけど。
俺はきっと、恋をしているんだと思うけど。
だけどそれ以上に、やっぱり深紅は俺にとって、大切な妹で、家族なんだよ。
届くかな？
家族としての俺の想い。
深紅を本当の家族だと思っている俺の気持ち。
少しは深紅のお母さんの絵に、近づけるかな。
「蒼一朗さんって……相当やばいです……しかも極悪人です」
俺の制作工程をじっと眺めていた黄純が、呆れたように口にする。
「あなたは嘘を本当だと思い込ませる、天才かもしれませんよ」
俺は部室でも家でも、ずっと贋作を描き続けた。
納得がいくまで、寝る間も惜しんで、何度も何度も描き直しを繰り返した。

同じ家に住んでる以上、深紅とは少しずつ会話をするようにはなってきたけど、それでもやっぱりぎこちないままで。

ある日の夜、シェアハウスの廊下ですれ違ったときは、こんな感じだった。

「……ねえ蒼一朗。あんた最近、なにやってんの。ずっと部屋に閉じこもってるし……」

「絵を描いてるんだよ。美術部の課題」

「……そっか。美術部の」

「ごめん深紅。俺、もう部屋に戻るから」

「あ、ね、ねえ。その、週末はあたし、いよいよ舞台に立つけど……あの、よかったら」

「観に行くに決まってるだろ。なにがあっても、絶対に行くから」

「……うん。絶対だよ。あたし、がんばるからね。一生懸命がんばるからね……」

深紅と別れて部屋に戻る直前、アヤ兄にも出くわした。

アヤ兄は近くに深紅がいないことを確認してから、耳打ちしてきた。

「……贋作のほうはどうだ」

「……まだ納得がいくものは作れてないけど、いま描いてるやつは結構いい感じだと思う」

「……深紅には黙っといてやるから、舞台本番には間に合わせろよ。今週の土曜だぞ」

「……わかってる」

そして金曜日の夕方。劇団プラ犬の公演前日。

俺は自分でも最高の出来栄えだと思う贋作を、やっと完成させた。

プラ犬の最後の練習に行っている深紅に、スマホでメッセージを送る。

蒼一朗【今日の練習が終わったら、一人で岬に来てほしい】

俺の作った贋作は、あの灯台の岬で渡したかった。

深紅が本物の絵を投げ捨ててしまったあの場所から、もう一度やり直したかったんだ。

夜の九時前、俺はシェアハウスを出て岬に向かう。

俺が脇に抱えている贋作は、本物と同じA3サイズの額縁に入れてある。

波に飲まれた絵が見つかったと嘘をつくわけだから、少し濡らして紙自体をふやけさせておいた。あくまで少し濡らした程度だから怪しまれるかもしれないけど、深紅もまさか俺がわざわざ贋作を用意したなんて、さすがに考えもしないだろう。

やがて夜の岬にたどり着く。

月明かりで芝生が青く輝くその場所で、一人静かに深紅を待つ。

そいつはすぐにやってきた。

「あの、き、きたよ……蒼一朗」

潮風に揺れる長い黒髪を耳にかけながら。

気まずそうに俺から視線を外しながら。

深紅が夜の岬に、やってきた。

「……ごめんな。本番の前日に呼び出して。今日もアヤ兄に送ってもらったのか？」

「……うん。あんたがここで待ってるって言うから、先にシェアハウスに戻ってもらった」

深紅は舞台本番を明日に控えた身。前置きはこのくらいにして、さっさと本題に入る。

「ところで深紅。これ、なんだと思う？」

裏面を向けたまま、贋作入りの額縁を掲げる。

笑顔を忘れず。口調は明るく。見つかって本当によかったという姿勢を心がける。

恋人ごっこのおかげで、俺も演技にはだいぶ慣れた。

「……？　なんなの、それ……？」

「ふふん、見て驚けよ？」

俺は努めて明るく振る舞いながら、裏面を向けていた額縁をくるりと回す。

透明のアクリル板に収まっているその絵を見た深紅は、

「────っ⁉」

口元を両手で覆って、目を大きく見開いた。

俺の心臓はバクバク脈打っている。偽物だとバレないか、心配で仕方がなかった。

もちろんそんな不安は徹底して隠し、俺は決定的な嘘を告げる。

「深紅のお母さんが描いた絵、見つかったんだよ。さっき警察から連絡があって……俺が受け取ってきたんだ。も、もしかしたら海水とかのせいで、微妙に色が変わってるかも、だけど」

「……し、信じられない……もっと、よく……見せて」

「……お、おう」

贋作を手渡した。

深紅はそれをじっと見入っている。

……うう、いよいよバレるんじゃないか……？

膨れ上がる不安を押し流すためにも、俺は無言の間を言葉で埋めていく。

「俺はさ、深紅とおばさんが今どういう関係なのかは知らないけど……でもおばさんが深紅のことを大事に想ってるのは、間違いないと思うんだ。だってその絵には……か、家族の愛が、詰まってると思うから。だからおばさんは」

「…………嬉しい」

深紅は偽物の絵を額縁ごとぎゅっと胸に抱きしめて、顔をあげた。

大粒の涙を流した、満開の笑顔だった。

「……ありがとう蒼一朗……本当に、本当に、ありがとう……すごく、嬉しい……」

──バレなかった。深紅を騙しきった。

「はは、感謝するなら俺じゃないだろ。深紅のお母さんと、それを見つけてくれた人に」

「ううん……」

深紅は泣き笑いで、首を左右に振る。

「だってこの絵……あんたが描いてくれたんでしょ？」

……。

……なんでバレた。そっくりに仕上げた自信があるのに。

やっぱり絵に込められた気持ちの問題なのか。

俺の気持ちは、深紅のお母さんに、遠く及ばないのか。

それでも俺は必死で悪あがきを続ける。

「は、はは。俺が描いたって、そんなわけないだろ。それは深紅のお母さんが」

「ごめん。今まで言えなかったんだけど……じつはもう、そっちは見つかってるの」

──は？

もう見つかってる？　本物の絵が？

いやいや。そんなわけがない。深紅は嘘がうまいから、これもきっと……。

「嘘だと思うなら、あとで見せてあげる。今あたしの部屋にあるから」

……え、これどっち？　嘘なの？　本当なの？

「もう一週間以上は前かな。アヤ兄がこっそり教えてくれたの。絵が見つかったぞって。岩のくぼみに挟まってたところを漁師さんが見つけてくれたんだって。さすがにふやけちゃってたけど、額縁のおかげで案外無事だったよ」

「……待て。アヤ兄がこっそり教えてくれたって、どういうことだ」

「も、もちろんあたしは、ママの絵が見つかったこと、早く蒼一朗にも伝えたかったんだよ？　でもアヤ兄が『面白いから、蒼一朗には黙って贋作描かせとけ』って……」

「ま、マジで……っ⁉　てかちょっと待て⁉」

本物はもう一週間以上も前に見つかっていたってことは、つまり……。

つい先日、贋作のことでアヤ兄から言われたセリフがフラッシュバックする。

――深紅には黙っといてやるから、舞台本番には間に合わせろよ。今週の土曜だぞ。

「じゃああの時点でとっくに見つかってたってこと⁉　奴が一番の嘘つきじゃねーか⁉」

思いっきり頭を抱えた。

「俺はここ最近、ほとんど寝ずに作業してたんだぞ……⁉　でも本物はもうとっくに見つかってて、しかも深紅まで俺が贋作を描いてるって知ってただとお⁉」

「そ、そうなんだけど、でもでも！」

深紅は俺の贋作を胸に抱いたまま、頰を膨らませる。

「あ、あんただって悪いんだぞ⁉　あたしたちは所詮兄妹ごっこで、本物の真似事だとか言うから！　あれすごく傷ついたんだからな⁉　アヤ兄も『これは蒼一朗へのお仕置きの一環だ』って言ってたぞ！」

わかってる。

もちろん全部わかってるよ。

大事な深紅をあんなに傷つけておいて、俺がただ偽物を描いた程度で終わりになんて、なるわけがないよな。

ありがとう深紅。ありがとうアヤ兄。

俺の贋作づくりを、笑い話に変えてくれて。

「……改めて言うけど、あのときは本当にごめん……俺、深紅のことは、ちゃんと家族だと」

「……言わなくてもわかってる。だってその証を、蒼一朗はくれた。あたしも……ごめんね」

「なんで深紅が謝るんだよ……悪いのは全部俺だろ。本当にすまなかった」

「いいの。てゆーか――久しぶりの兄妹ゲンカだったたな？　うふ」

「……そうだな。はは」

おかげで俺はまた、深紅とこうして笑うことができたよ。

二人並んで、夜の海岸通りをシェアハウスに向かって、てくてく歩く。

深紅は俺の贋作が入った額縁を、ずっと胸に抱いたままだった。

「……なあ。本物が見つかったなら、もうそれいらないだろ」

「いる」

誰にも渡さないって感じで、深紅は偽物の絵をぎゅっと抱きしめた。

「この絵はね、やっぱり細かいところはママの絵と少し違うけど……でもそっくりなの」

それは弱々しい涙声。

「いくら見た目が少しくらい違っていても……それでも、そっくりなの。同じなの。ママが描いてくれた絵と、もう信じられないくらい、一緒なの」

「…………」

「だからあたしにとってこれは、すごく価値のある嘘の絵なの。蒼一朗はあたしに世界で一番優しくて、嬉しい嘘をついてくれたの。たとえ嘘でも絶対に本物の絵だから、宝物にする」

「……そうか」

「あ、あのね、蒼一朗……」

涙で声を震わせた深紅が、歩みを止める。俺の嘘の絵をしっかりと胸に抱いたまま、目元をぐしぐしとこする。

「あたしには仲のいい友達もいないし、ママとだって、まだ会えない。ママがどう思っていても、やっぱりあたしは、このままずっと、会うことができないかもしれない」

「……うん」

「だからね？　たとえあたしに、友達や家族がいなくてもね？　そ、蒼一朗だけは」

もう溢れる涙を拭おうともせず、深紅はボロボロ泣きながら俺をまっすぐに見つめる。

「あ、あんただけは、ずっとあたしと一緒に、いてくれませんか……？」

「当たり前だ」

俺も泣いていた。

泣きながら深紅を、力いっぱいに抱きしめる。

「当たり前だろ。ずっと一緒にいるよ。俺たちはもう……本物以上の、兄妹じゃないか」

「うん……うん……っ！　あたしたちは兄妹。家族。ずっと一緒……っ！」

世界から俺たちだけが隔絶されたような静かな夜に、かつて兄妹の誓いを交わした者同士、泣きながら強く抱き合っていた。

俺たちは嘘の兄妹だけど、おたがいを想う気持ちだけは、絶対に本物なんだ。

たとえ嘘でも……絶対に本物なんだ。

「あたしたち、キスとかいろいろしちゃってるけど……ちゃんと本当の兄妹に、なれるかな」

「大丈夫だよ。俺たちは今までもこれからも、ずっと兄妹だよ」

「うん……えと、じゃあその、こ、これからも」

俺から身を離した深紅は、顔を真っ赤に染めてうつむいた。

「これからも、よ、よろしくね………兄貴」

「――ぷっ」

「な、なんで笑うん⁉ こっちは恥ずかしいの我慢して言ってんだぞ⁉」

「深紅に今さらそう呼ばれるのは、なんかくすぐったくて」

「そ、そもそも兄妹なのに、どっちも名前呼びのほうが変だし！ 一応あんたのほうが誕生日早いんだから、兄貴だろ⁉」

「俺たちが名前呼びのままだった理由、覚えてないのか？ 深紅が昔、俺を『おにーちゃん』って呼びたくないとか言ったからだぞ」

「お、覚えてるけど、その呼び方だけは嫌なの！ だから兄貴！ これで決定！」

「どっちも同じだろ……」

「全然違う！ おにーちゃんだけは、どうしても嫌なのっ！」

そういや死んだ妹の紅子は、俺のことを「おにーちゃん」って呼んでたっけ。紅子もこの歳になってたら、兄貴呼びに変わってたりしたのかも。

そんなことを考えると、つい頬が緩んでくるのだった。


キャパ五百人の市民ホールの客席は、全部埋まっていた。

人気劇作家、和久井孝仁による小劇場スタイルの劇団プラカード犬の公演は、噂どおりの盛況ぶり。ネット情報によると、今日もチケットは即完だったらしい。

俺とアヤ兄、そして黄純も入れた三人は、関係者席から深紅の晴れ舞台を見守っていた。

赤井先輩もどこかで観てるのかな――そんな雑念は、舞台上で渾身の演技を披露する深紅を見て、すぐに消し飛ぶ。

『スキです。私はあなたに、恋をしています』

『……だめだよ。魔法使いの俺は、いずれ魔法の世界に帰る身だ。人間のキミとの恋は決して許されない。たとえば兄妹で恋ができないように』

『だったら……嘘でもいい。嘘でもいいから、私にスキって言ってほしい。魔法使いさんが、魔法の世界に帰るまでは……私を嘘の恋人に、してください……』

深紅は魔法使いの主人公に恋をしている少女の役。

その細かい息遣いや所作は、すべて俺が見慣れたもの。

俺と恋人ごっこをやっているときの深紅が、舞台の上にいた。

あいつはこの輝かしい舞台で最高の嘘をつくために、俺と恋人ごっこをしていたんだ。


『嘘は所詮、嘘だよ。いずれ必ず終わりがくる』

『それでもいいの。これは一時の夢だから。スキだと言って。私のこと、愛してると言って』

『………スキだよ。愛してる』

『……嬉しい。たとえ嘘でも、こんなに嬉しいなんて』


俺は自然と涙ぐんでいた。

俺と愛を囁きあって、キスまでしていたあの恋人ごっこは、やっぱり全部が嘘だったと改めて思ったから——じゃない。

感動していたんだ。

深紅の演技があまりにも素晴らしくて。

深紅の立ち姿があまりにも誇らしくて。

弱いと指摘されていた「恋する女の演技」を見事に克服して、こんなにも大勢の前で堂々と恋人を演じている、姫芭蕉深紅という役者そのものに。

俺は感動のあまり、涙を流していたんだ。

「……ねえ。あの子、ちょっとすごくない……？」

「……まだ高校一年生だって。客演で起用されるだけあるよね……」

後ろの席からそんな囁き(ささや)が聞こえてくる。

俺はまた誇らしくなる。

『魔法使いさん、魔法の世界に帰れることになったの⁉』

『……ああ。だからキミとは、もう……』

『あ、あれ……？　あはは……なんで私、泣いてるんだろう……おかしいな……あははっ』

「……すご」

隣の黄純も小さく漏(も)らしていた。

そうだろ。深紅はすごいだろ。

俺の自慢の妹だぞ。

あれが将来、必ず天才俳優と呼ばれる日がくる姫芭蕉深紅だぞ。

がんばれ深紅。がんばれ。がんばれ。がんばれ――……っ！

やがて舞台はエンディングを迎えて、客席から万雷の拍手が巻き起こる。

俺も惜しみない拍手を送る。

アヤ兄も。黄純も。

その拍手が一番の魔法であるかのように、ゆっくりと緞帳が降りていく。

それは舞台の終わり。魔法の世界の終わり。

……俺と深紅の歪なメルヘンの終わり。

俺たちはきっと、もう二度と恋人ごっこをやらないだろう。

「深紅の演技、すごかったな……あんな奴が親戚にいるなんて、俺はもう誇らしいわ」

アヤ兄も笑顔で涙ぐんでいた。

カーテンコールが終わって舞台の幕が完全に閉じても、客席からはずっと拍手が鳴り止まなかった。

第十二話

夢幻の夜の彼女

This is just a play house

その日の放課後も、美術部にいたのは俺と黄純の二人だけだった。

「じゃあ深紅ちゃんって、プラ犬に入るんですか？　劇団員になるんですか？」

「それが結局、主宰の和久井さんと話し合って、保留にしたんだと」

プラ犬の公演が大盛況で幕を閉じたあと、深紅は共演した劇団員たちから「もう正規のメンバーになって」と言われて、ずっと迷っていた。

そんな深紅に、和久井さんはこう言ったらしい。キミはまだ高校生なんだから、もっといろんな舞台を見て、自分に一番合った劇団を探しなさいって。そのうえでうちを選んでくれるなら大歓迎だって。

「……和久井さんって大人ですね。深紅ちゃんみたいな才能の持ち主は、自分の劇団で捕まえてたほうが絶対いいのに」

「深紅の将来をちゃんと考えてくれたからこそ、そう言ってくれたんだよ」

黄純は「ふーん」と口にしたあと、意地悪な笑みになった。

「ところで蒼一朗さんは、深紅ちゃんと最近どうなんですか？」

「え？　普通に仲良いぞ？」

——へい兄貴。暇なら格ゲーやろうぜ。

——おう、やろうぜ。

——おいバカ兄貴！　お風呂は追い焚きしといてって言ったよね!?

——ごめん忘れてた。てかバスタオル一枚で出てくんな。興奮するだろ。

——うわ、妹相手にセクハラ発言。サイテーサイテー。

そんな感じで仲良く兄妹をやっている。

もちろん恋人ごっこはプラ犬の公演以来、一度もやってない。

……まあ最近の深紅には大きな変化があって、さすがにもうできないと言うべきか。

「深紅ちゃんに対する『好き』の答えは、もう出たんですか？　やっぱり『恋』でした？」

含み笑いの黄純に、俺は堂々と答えてやる。

「たくさん考えたけど、結局あれは恋じゃなかった。ちょっと独占欲の強い兄妹愛の『好き』だった。今の俺は兄貴として、妹の恋愛を応援する立場だよ」

「……ふーん？」

黄純と一緒に学校を出て、寂れたシャッター通り商店街のうみねこストリートを歩く。

「あーあ。家に帰りたくないなあ〜」

美術部のあとの黄純は、最近いつもその独り言を漏らす。

「やっぱり黄純も、うちのシェアハウスに引っ越してきたらどうよ」

そして俺のこの問いかけに、「いやです」と返してくるのも、いつものこと。

「はい。近々引っ越しますよ」

「まあ黄純にもいろいろ事情はあるんだろうけど……え、引っ越すの？　どこに？」

「だから。ウィノグランドにです」

「ウィノ……なにそれ？」

「シェアハウスの名前ですけど。蒼一朗さんたちが住んでるとこ」

そういやうちのシェアハウスは、一応そんな名称だったっけ。確かアヤ兄が好きな写真家の名前から取ったとか。誰も呼んでないから忘れてたわ。

——って、そんなことよりも。

「え、マジで!?　黄純、うちのシェアハウスに引っ越してくるの!?」

「だからそう言ってるじゃないですか。もう彩人さんにも伝えてますし、今週中に一度、内見に行こうと思ってます」

黄純が引っ越してくる！

なんでアヤ兄は、そういうこと全然言ってくれないんだよ……てかそんなのどうでもいい！

うわー、すげえ楽しみになってきた！

「でもなんで急に？　前まではあんなに嫌がってたじゃん」

「んー。まあ、心境の変化と言いますか——」

ピュアいと評される笑みで、いたずらっ子のように舌を出す。

「蒼一朗さんとやった兄妹ごっこが、案外楽しかったから……かもですよ？」

「え、そうなの？　じゃあ引っ越してきたら、またままごとやろうぜ」

「わーいっ！　約束だよ、お兄ちゃ〜ん！　……なんてね。冗談も通じないとかアホですか」

「はは、その落差のあるキャラ面白いな。新しいの開拓したな、黄純」

なんだかまた一人、愉快な妹ができたような気分だわ。

そしたら見事なタイミングで、別の妹とばったり会った。

「おやおや〜？　バカ兄貴と黄純じゃん。まさかデート中か〜？」

「ただの部活帰りだよ。てゆーか、デート中なのはそっちだろ」

まあな、と頷いた深紅は、隣の赤井先輩と顔を見合わせて笑った。

これが最近の深紅に起きた、大きな変化。

深紅は赤井先輩とヨリを戻して、もう一度正式な恋人になったんだ。

背中を押したのは俺。

プラ犬の公演直後、まだ赤井先輩への返事を保留にしていた深紅と、俺はこんな話をした。

——なあ、兄貴はどう思う？　やっぱこのまま別れたほうがいいと思う？

——それは深紅の気持ち次第だけど……でも赤井先輩のことは、好きなんだよな？

——うん。好きは好きだけど。

——じゃあヨリ戻しとけって。そのほうがいいと思うぞ、俺は。

——そだね……別れたらもう二度と話したりできないっていうなら、それが一番かな。

「こちらが噂の深紅ちゃんの彼氏さんですか。はじめまして、親戚の国枝黄純です！」

「どうも。演劇部の三年、赤井真吾です。キミたちは同い年の親戚がたくさんいるんだね」

黄純と赤井先輩が挨拶を交わす。

二人はそのまま軽い雑談を始めたんで、俺は深紅で時間を潰すことにした。

「なああ、知ってたか？　黄純も近々、うちに引っ越してくるんだって」

「それな！　今朝アヤ兄から聞いたよ。賑やかになりそうでテンション上がるな、おい！」

……なんで深紅にだけはもう言ってるんだよ、あのバカ兄。

「あ、そうそう。あたしこれからショッピングモールに行って、先輩とご飯食べてくるの。だから今日のあたしの晩御飯はいらないから。急にごめんね？」

「了解。モールに行くなら、ついでに俺のマンガも買ってきてくれ。確か続刊が出たんだ」

「あー、兄貴が集めてるあのバトル漫画な？　かしこまり～。あたしも本屋に寄りたいと思ってたから、ちょうどいいわ」

「そっちもなんか買うの？」

「うん。いま面白いって話題の絵本があるのだよ。ま、兄貴は絵本とか興味ないだろうけど」

妹。絵本。

その二つのキーワードが、俺の懐かしい記憶を呼び起こす。

──おにーちゃん、えほんよんで！

──あはは。べにこは本当に、えほんがすきだなあ。

「絵本って大人の間でも人気なんだぞ？　あたしも小さい頃からずっと集めてて」

「集めてるのは知ってるよ。紅子って昔から絵本が好きだったもんな」

「………………」

それまで軽快だった会話のラリーに、変な間ができた。

「姫芭蕉(ひめばしょう)さん？」

赤井先輩が怪訝(けげん)な目で、自分の彼女を見る。

「────あは。おいバカ兄貴、誰と間違えてんだ。あたしは『深紅』だぞ、こら」

「え？　ああ、俺いま『紅子(べにこ)』って言っちゃったか……ごめん。普通に間違えたわ」

自分の失態を恥(は)じて、照れ隠しに頭を掻(か)く。

「深紅って最近、俺を兄貴って呼んでくれるし、紅子も絵本が好きだったから、つい」

それにちょうど実の妹のことを考えたタイミングだったんで。本当に悪気はなかった。

「うむ。人間誰(だれ)しも、呼び間違いくらいする。もしくはあれか？　あたしのこと、愛(いと)しの紅子ちゃんが成長した姿にでも見えたんか、このド級のシスコンめ」

「そんなんじゃないけど、ほんと悪い。じゃあデートの邪魔するのもアレだし、俺たちはそろそろ行くわ」

まずは赤井先輩がにっこり挨拶をしてくれた。

「それじゃまたね。枕木(まくらぎ)くんも国枝さんも、今度はゆっくり話そう」

続いて深紅も。

「じゃーね、黄純、蒼一朗」

二人と別れたあと、黄純がじとりと睨(にら)んできた。

「深紅ちゃんを紅子ちゃんと間違えるとか……いくら二人を重ねてるからって、よくないと思いますよ？　深紅ちゃんは深紅ちゃんなのに」

「重ねてるわけじゃなくて、本当にただの言い間違いだって。誰だってあるだろ？」

アヤ兄と二人だけで晩飯を食ったあと、俺は自室で物理の問題集を解いていた。

最近の勉強中は、友達の吉川に勧められたピン芸人のウェブラジオを流している。勉強の手を休めたとき、そのピン芸人のでかい声が耳をつんざいた。

『えぇーっ⁉　教室のカーテンに隠れて彼氏とキス⁉　今の小学生ってすごいなあ……』

リスナーの小学生が投稿した恋愛相談を読み上げているらしい。

『でも別れたらひと言も話さなくなってしまいました。私はとても悲しいです——なるほどねえ。大人は別れても普通に話ができたりするけどねえ。子どもの恋愛っていうのは、純粋ゆえに淫靡で残酷なんだねえ……って、なんか今日の俺、文学的⁉　次はもっといい恋しなよ！　では曲いきましょう！　森田童子さんで「ぼくたちの失敗」』

ウェブラジオから、エモさ爆発の物悲しい曲が流れてきた。

「子どもの恋愛は、純粋ゆえに淫靡で残酷……はは、芸人さんって面白いこと言うな」

と、独り言を漏らしたタイミングで、部屋のドアがノックもなしに開いた。

「蒼一朗。ちょっとええ？」

「おう、帰ってたのか。てかノックくらいしろって、いつも――んん？」

振り返ってそいつの顔を見た途端、違和感を覚えた。

部屋に入ってきたのは、もちろん深紅なんだけど。

「なに？　あたしの顔にボーリングの球でもついてる？」

わけのわからんたとえも、いつもどおりなんだけど。

深紅の表情が少しおかしい。笑顔は笑顔なんだけど、なぜか泣いてるようにも、怒ってるようにも見えるんだ。こんな奇妙な顔は、今まで一度も見たことがない。

「もしかして……赤井先輩となんかあったのか？」

「なんで？　とりあえず座るわ」

深紅は俺のベッドに遠慮なくお尻を落として、指でちょいちょい手招きする。

俺も勉強机を離れて、深紅の隣に座った。

「あたし、いつもと違う？」

「ああ……なんていうか、感情が読めないっていうか……」

「さすが自他共に認める深紅マニアだな。あんただけは、あたしの機微（きび）によく気づく」

「そりゃどうも。で？　やっぱり赤井先輩とケンカでもしたんだろ？」

「ケンカはしてないよ。ただ別れてもらっただけ」

深紅はあっさりとそう告げた。

思わず聞き逃してしまいそうなくらい、至極あっさりと。

「え……別れた、って言った今？」

「うん」

「待て待て。急すぎるだろ。だってさっきは、普通に仲良くデートしてたじゃないか」

「そうなんだけどね……でもいろいろ気づいちゃったから。申し訳ないけど、別れてきた」

……そういうもの、なのか？　そんなにも呆気なく……？

「先輩は言ったよ。なんとなく予感はしてたって。もう二度と近づかないとまでは言わないけど、やっぱりフラれてしまった以上、しばらく顔は合わせづらいって。でも時間さえ置けば、また話ができるようになると思うって」

そこで深いため息。

「でもね。あたしは思うの。また話ができるようになったとしても、前とまったく同じ関係にまではきっと戻れないって。一度ジャムを塗ったパンから、完全にジャムを取り除くことはできないように。一度でも『好き』が入ってしまった関係には、必ずしこりが残るから」

「…………」

「どれだけ仲良しだった二人でも、やっぱり恋愛の『好き』が入ったら簡単に壊れる危険がある。片想いなら口に出した時点で終わりだし、両想いだってなにがきっかけで壊れるかわからない。そして壊れたら、もう二度と元には戻らない。だから恋人も夫婦も危ないの。一番安全なのは、絶対に恋愛の『好き』が入らない兄妹。最初からジャムなんて塗ろうともしない絶対の関係。あたしは改めて、そう思ったよ」

「なあ……そもそも深紅は、なんで赤井先輩と別れようと、思ったんだ？」

「うん。それなんだけどさ。ちょっと聞いてくれる？」

深紅は俺から一切目を逸らさずに、感情の読めない顔のまま淡々と語り出す。

「ずっと仲良くしていたい人との間には、『好き』を入れたらだめ。これはあの両親を見てきたせいで、あたしにかかってしまった呪いなの。でもあたしには、ずっと疑問だったことがあるんだ。

そもそも『好き』ってなんだろうって。

もちろんあたしは先輩のことが、本当に好きだったよ？　今でもちゃんと好きだから。でもその『好き』って、パパやママの『好き』とは全然違うの。

あの人たちの『好き』は、家庭を壊して、自分を壊して……もっとブッ壊れてた。暴力的で、圧倒的で、徹底的だった。

傍から見てて、すごく気持ち悪かったし、心の底から怖いと思ってた。

だけどね？

さっきふと、思ったの。

本気の『好き』って、ああいうことなんじゃないかって。

周りが見えなくなって、すごく身勝手になって、自制だって効かなくて。相手以外のすべてが取るに足らない存在に成り果てる……破壊衝動すら伴う、怪物じみた狂気の感情。

家族とか夫婦とか兄妹とか、もう全部ブッ壊してもいいやって思うほどのイカれた情念。

怖いよね？　今までアニメ映画とかで見てきた甘酸っぱいものとは、全然違うんだから。

でも仮にそれが本当の『好き』だとして——『恋』と呼んでいいものだとしたら。

あたしの先輩に対する気持ちって、全然『恋』じゃないんだよね。

だから今さらで本当に申し訳ないんだけど、関係が壊れるのも承知で、別れてもらったの。

もちろんママたちが、おかしいだけかもしれないけどね？

それでもあたし……興味が出てきたんだ。

自分を見失って、いろいろブッ壊しちゃうほどの、凄まじい恋ってやつに。

もちろんすごく怖いし、あたしにそんな恋は絶対に真似できないと思ってたんだけど。

ほら。幸いなことに、あたしたちには『ままごと』があるわけで。

つまりね。ままごとのなかなら、いくらブッ壊れてもいいの。

だって全部嘘だから。

だから……やってみたいなって。

暴力的で、圧倒的で、徹底的で。なにもかもブチ壊す狂気の恋ってやつを。

もちろん芝居の糧にするためだよ？

だから蒼一朗。ちょっと練習に付き合って？」

「……えっと」

聞きたいことはいろいろあった。なんで急にそんなことを思ったんだとか。そんなの芝居に必要なのかとか。そもそもなんの話をしてるんだとか。

とりあえず俺が今、一番言わなきゃいけないことを先に告げる。

「恋人ごっこなら、もうだめだぞ。やっぱり俺たちは」

「うん。それはもうやらん。今からやるのは、片想いごっこ」

……片想い、ごっこ⁇⁇⁇

「あたしは蒼一朗に片想いをしてる女の役。蒼一朗はあたしがなにをしようと、絶対にあたしを好きにならない男の役。だからあんたはもう『スキ』とか言わなくていい」

深紅が俺の太ももに、手のひらをそっと置いた。

じっとりとした妖しい熱が、太ももに染み込んでくる。

「あたしだけが愛してあげるの。嘘の世界で、役のなかで、一方的に蒼一朗を愛するの」

なにを考えてるのかまったく掴めない、俺の知らない女の笑顔。

とても蠱惑的に視えた——戦慄を覚えるほどに。

「たっぷりとジャムを塗って、ドロドロに愛してあげる。徹底的に、ドロドロに、おかしくなるぐらい愛してあげる。あんたのことを壊しちゃうくらい、愛してあげる」

「なあ深紅。一回離れ」

「そーくん」

深紅は一方的に、虚構世界の扉を開く呪文を唱える。

その呪文を口にしたあとは、すべての発言が『嘘』になる。

「んふ……そーくんの匂い。本当はこれ、昔からずっと好きだったんだ。最近はとくに、変な気持ちになるのをぐっと堪えてた。こんなの兄妹失格だけど……もう我慢しなくても、いいんだよね。もうそうなっても、いいんだよね」

「おい勝手に始めるな。俺はまだやるとは言ってない」

「うふふ。だ・あ・め……——ん」

優しくベッドに押し倒してきた妹が、優しくも強引に唇を重ねてきた。

「スキ……スキ、スキ、スキ……スキなのそーくん、アタマが変になるぐらい、スキ」

一方的に、身勝手に、執拗に執拗に貪ってくる。

呼吸ができなくなるほど苦しい、暴力的で圧倒的なキス。

「う……深紅……一旦、どいて……んぅ……っ」

「だめ……そーくん逃げる気だもん……わかってるんだから……んちゅっ……」

ぽつり、と俺の頬(ほお)に、水が落ちてきた。

「純粋で綺麗な子どものままで、いたかったのに……ちゅ……いつの間にか、あたし……ママと同じ、ずるくて淫乱(いんらん)で、卑怯な嘘(うそ)をつく大人の女に……なっちゃった……あむ……」

深紅が——泣いている？

「待て。本当にちょっと待て」

ひたすらキスを繰(く)り返(かえ)してくる深紅を、下から強く押し戻す。

「なあ……これって、ままごと、なんだよな？」

「え？　うん。ままごとだよ？　あたしが今喋(しゃべ)ってることは全部嘘(うそ)。ただのお芝居(しばい)」

涙なんて一切(いっさい)見当たらず、朗(ほが)らかな笑みを浮かべた、いつもの深紅だった。

「こんなままごと……嫌(いや)だったら、もうやめるから。ちゃんと言ってね……？」

深紅はもう一度ゆっくりと、時計の秒針のように少しずつ、唇を近づけてくる。

押(お)し退(の)ける時間は間違いなくあった。それはきっと、深紅がくれた猶予(ゆうよ)だった。

でも俺は、押(お)し退(の)けたりしなかった。

そいつの赤い唇が、俺の唇に柔らかく押し当てられる。

甘い甘い猛毒のような、体の芯(しん)からドロドロに溶かされるような、痺(しび)れる口づけ。

熱い吐息とともに、ジャムのように粘(ねば)りつく嘘(うそ)の愛を、たっぷりと塗(ぬ)りつけてくる。

「ごめんね、そーくん……本当に、ごめんね……」

なにに謝っているのか、その真意は全然摑めないけど。

「んむ……っ……みーちゃん……」

ずるい俺はいよいよ虚構世界に飛ぶ呪文を自ら口にして、深紅の嘘に乗っかる道を選ぶ。

ちょっと独占欲の強い兄妹愛？

今は兄貴として、妹の恋愛を応援する立場？

俺はとんでもない大嘘つきだった。

「俺、本当は……みーちゃんが、好きなんだ……んん……っ」

「いや……もう嘘でも、それを聞くのは、嫌ぁ……ぐす……んぅ……」

俺は今もなお、深紅が好きだった。

絶対に恋愛感情は向けないと約束した妹に、俺は許されない『恋』をしていた。

彼氏とヨリを戻せと背中を押した女の子に、俺は卑劣で汚い『恋』をしていた。

こいつに彼氏がいないと、俺はなにを口走るかわからなかったから。

だから別れてほしくないと願った。ヨリを戻せと背中を押した。

自分自身へのブレーキとするために。

俺はあくまで自分のエゴで、深紅には赤井先輩と付き合っていてほしかったんだ。

どうしようもなく醜くて、薄汚いガキの恋だった。

しかも最悪なことに、俺は今――、

「みーちゃん……念を押すけど、これは本当にただの……ままごとなんだな？」

「うん。これはあくまで、ままごとだから。全部が嘘の、メルヘンの世界……あっ……」

――俺は今、ままごとを利用して好きな女の子を抱いている。

深紅は赤井先輩と別れたせいで、自暴自棄になっているのかもしれない。

もしくは――やっぱり俺を性欲処理の道具に使っているだけなのかもしれない。

あるいは本当に役作りなのかもしれない。ただの気まぐれなのかもしれない。そもそもなにも考えてないのかもしれない。

でも俺からすれば、理由なんて全部どうでもよくて。

たとえ嘘でも、深紅と肌を重ねられることが、なによりも至福で。

ゲロが出そうなほど最低でクズな、薄汚いガキの恋だった。

「脱がすよそーくん」

そんな穢れた恋をしているからこそ、俺は闇の底に落ちていく。

綺麗な恋とは程遠く、ただ体温を交換するだけの嘘の関係に堕ちていく。

涙が出るほど悲しくて、腹が立って、悔しいことなのに。

「あたしもしてあげる」

そこはすべてが悍ましい快楽で塗り潰される夢幻の国。

歪で淫らで、狂気に満ちた、極彩色の毒々しい虚構世界。

俺の兄妹愛は決してなくなったわけじゃない。変化したわけでもない。

その性質を残したまま異性愛と融け合って、歪な様相をなしていく。

ここにいるのは、兄妹でもあり恋人でもあり。

あるいはそのどちらでもない、思春期の獣だった。

「……スキだよ、蒼一朗」

「……スキだよ、深紅」

気を失いそうな快楽のなかで、俺たちは朦朧とアイを囁く。

愚かで残酷な恋愛喜劇は、加速度的に歪んでいく。

ぐるぐると、ぐるぐると。

とっても濃くて甘い、ビターチョコな悪夢の夜が更けていく――……。

第十三話 ままごとのような恋

This is just a play house

ある朝の食卓で、俺たちは静かにトーストと目玉焼きを食っていた。

「ね、ねえ……アヤ兄、ジャムとって」

「あ？　いいけど蒼一朗のほうが近いだろ。ほらよ」

「ああ、俺にもジャムくれ……えと、アヤ兄」

「だからなんで俺に言うんだっての。ジャムならいま深紅が使ってんじゃねーか」

「そ、そうだな……なあ深紅？　その、俺にも、ジャム……」

「あ……ど、どうぞ」

あの悪夢の夜から数日が経ったけど、俺と深紅はもうずっとこんな感じ。

目を合わせることもなければ、アヤ兄を挟まないと会話だってままならない。

まあ当たり前だ。

「そうそう。黄純の件だけどよ、今日の夕方うちに内見にくるんだと。今夜はそのまま入居の前祝いってことで寿司取るから。お前らもできるだけ早く帰ってこいよ？」

「へ、へえ……いよいよか。あいつ何号室に入るのかな」

「あたしの隣だったらいいな！　ごちそうさま！　じゃあ学校行ってきまーすっ！」

早々と朝メシを平らげた深紅は、自分の食器を片付けてリビングを飛び出していく。

前までは一緒に学校に行ってたのに、ここ数日はそれもない。

「……ったく。お前ら、またケンカでもしたな？」

ただのケンカだったほうが、相当マシだったと思う。


俺も一人でシェアハウスを出て、一人で学校に向かう。

重たい足を引きずりながら、高台の林道を抜けて、麓に横たわる海岸通りに出ると。

「あ、そ、蒼一朗…………待ってた……」

先に家を出た深紅が、海沿いの堤防前に佇んでいた。

めちゃくちゃぎこちない笑顔で。

「そ、そっか。待っててくれたんだ」

もちろん俺も、ぎこちない笑顔だったはずだ。

「さ、最近ずっと別々だったし……い、嫌じゃなかったら、一緒に学校いこ？」

「おう……いこいこ」

久々に二人並んで、朝の清々しい海岸通りを歩く。

「そ、そうだ。俺、この間さ、数学の授業中に、居眠りしちゃって……」

「あー、そうなんだ。あ、あたしも最近、半チャーハンを二個頼んだよ……？」

もはや会話にすらなってない。ぎこちなさの極み。

とにかく無言が怖い俺たちは、なんでもいいから場を埋めようと必死だった。

「と、ところでさ。タンバリンを『タンブリン』って言っちゃう人いるけど、あれって」

「あ、あの蒼一朗！」

深紅が大声で、どうでもいい話の流れを遮った。

「この間のこと……本当に、ごめんなさいっ！」

立ち止まって深々と頭を下げてくる。

うう、やっぱその話になるよな。避けてた話題なのに。

「もう一度ちゃんと謝ろうと思ってたんだけど、なかなか言えなくて……あたし、もうあんたに顔向けができないっていうか……でも仲良くしたいし……あうぅぅ～……」

「な、泣くなって……それにもうおたがい、十分謝ったじゃないか……」

結論から言うと、俺たちはあの日、最後まではしなかった。

なにをもって「最後まで」とするのかは、世間でも意見が割れそうだけど。

俺たちの共通認識としては、あれは「中断」だった。

――痛っ⁉

――ご、ごめん。その。

――いいの。自分でするから。もうちょっと、だから……んぅっ！

――なあ深紅、やっぱり……やめとこう。これ以上は、兄妹でもなんでも、なくなるよ。

――…………首、絞めてやろうかな。

――え？

――なんでもない。あんたの言うとおりだ……これ以上は、さすがに兄妹じゃないか。

いい、これ以上もなにも、もう十分兄妹じゃありえないことをしたのにな……。

そのあとは二人とも一気に冷静になって、勢いでそこまでした重みが急にのしかかってきて。

おたがい半泣き状態になりながらひたすら謝り倒して、気がつけば解散していた。

初めての経験のすぐあとに、泣きながら謝りあったカップルは絶対に少数だと思う。

もちろん俺たちは、最初からカップルですらない。

だからこそ、もういよいよ本格的に――セフレだった。

そして深紅は今もなお、涙混じりの声で謝ってくる。

「あたし、大事な蒼一朗を、汚しちゃった……謝っても謝りきれないけど、本当にごめんなさい。あんたの綺麗な体を、あたしなんかで汚して、ごめん……」

俺は決して綺麗なんかじゃない。もう全身にドブのような汚水が詰まってる。

だって俺はままごとを利用して、嘘を盾にして、好きな女の子に好き放題したカスだから。

あの夜だって本当は、最後までしたいと思っていた。中断できたのは、たまたまだ。

自分でも慄いてしまうほど、俺はどうしようもなく馬鹿で、思春期で、途轍もなく恐ろしい一面を心のなかにもっていた。

「あんたもきっと初めてだったのに……あたしは強引に誘って、もうほとんど最後までしちゃって……今はすごく後悔してる。あんたの初めてを、あたしはあんなふうに……」

後悔——その言葉には少し傷ついたものの、気持ちは痛いほどよくわかるからこそ、俺も反射的に口にしてしまう。

「俺も後悔してる……本当に、悪かった……」

びくっと、深紅の全身が震えた。

いくら馬鹿な俺でもわかってる。それは男が言ったら絶対に駄目なセリフだって。

でも深紅が謝るなら俺も謝らないわけにはいかない。俺だってあんな形で深紅を抱くべきじゃなかったと思っているんだ。あんな初めては、深紅も絶対に嫌だったはずだから。

「……ほ、本当に、ごめんなさい……ごめん、なさい……う、うえええ～……っ」

結局、俺たちが欲望のままにしてしまった大人の行為の果てには、紛れもない後悔と、子どものように泣きじゃくる深紅しか残らなかった。

「俺のほうこそ、マジでごめん……泣かないでくれよ、深紅……」

「ううう〜……謝らないでほじい……そんなんやだあ……ごめんね蒼一朗……うえええ〜」

「だって深紅も……まだ謝ってるじゃんか……ごめんな、深紅……くそっ」

もう謝ったところで、おたがい余計に傷つくだけなのに。それでも未熟なガキの俺たちは、謝る以外の術をもっていない。謝罪という名の刃物で相手の心を刺し合うだけ。

キモチよさなんてもう何一つ思い出せず、おたがいトラウマだけが残る初体験となった。

「もう謝らなくていいからさ……一個だけ教えてくれよ。深紅はなんで、あんなことを」

思い切って聞いてみた。

深紅は困った顔で俺を見つめたあと、涙をぐしぐし拭いながら地面に目を落とす。

「……役作りの一環。自分勝手な片想いをしてて、理性がぶっ飛んじゃったアタマのおかしい女の役作り……ほら、あたしって役に入り込みすぎちゃうから。はは……自分でもいい演技ができたなって思うよ……」

そんな役作り、いま必要なのか？　本当にただの役作りで、あそこまでするのか？

そこまでは怖くて聞けなかった。たとえ嘘でも肯定されてしまうと、俺の心が砕けてしまいそうだったから。これ以上はもう、怖くて踏み込めない。

……本当に、なんで俺たちは、勢いであんなことをしてしまったんだろう。

心の底から後悔しているのに、もうそんなセリフを口に出すこともできない。

おたがい最低な初体験だったなと笑って罵り合えたら、どれだけラクだったか……。

「あのときはあたし、すごくムシャクシャしてて……だから蒼一朗で、あんな練習をさせてもらったの……本当に、ごめんね……」

「だからもう謝らなくていいんだけど……ムシャクシャって、なんで？　俺が深紅に、なんかしたのか？」

深紅は地面を見たまま、拗ねた子どものように唇を尖らせてつぶやく。

「……蒼一朗はあたしにとって、いつの間にか一番の禁忌になっていた言葉を口にした」

「禁忌？」

「うん……最初は全然そんなことなかったのに、いつからかはわかんないけど、理由もよくわからなかったんだけど、すごく嫌になってたの。それをあんたが言ったの」

「……？」

「でもこれは全部、あたしが悪いんだ。蒼一朗と初めてままごとをした子どものとき、あたしが自分から望んで口にしたことだから……だからこれは、あたしが勝手に背負った十字架なの。あんたはなにも悪くない……あたしが自分で自分の首を絞めてるだけ」

深紅はいったい、なんの話をしてるんだろう。

初めてままごとをしたときっていったら、まだ兄妹うんぬんの話すら出てない小二の頃だったはず。そのとき深紅が俺に、なにかを言ったってことか？

それが深紅の十字架ってやつらしいけど、なにを指しているのかがわからない以上、いくら深紅マニアの俺でも思い出しようがなかった。

「あんたの口から直接あの言葉を聞いたとき、自分でもあそこまで頭がぐちゃぐちゃになるとは思わなかった……もうわけがわからなくなって、すごく嫌で……それであんな乱暴な、え、演技の練習に、無理やり付き合わせて、しまいました……」

「あの言葉って、なんだよ？　ようするに俺が深紅を嫌な気持ちにさせたってことだな？　教えてくれたら、次から言わないように気をつけるから」

「……だめだよ。それを教えたらあたし、もう本当にあんたと合わせる顔がなくなる。あたし悪い女だから、絶対に言えない……あたしだけの一生の秘密……」

弱々しくつぶやくだけで、深紅は決して教えてくれなかった。

「そ、それよりもさ、蒼一朗……」

恐る恐る、俺に怯えた目を向ける。

「もうこんなこと、お願いできる立場じゃないのはわかってるけど……き、キスも、エッチなこともしないから、また前みたいに、たまに恋人ごっこをしてくれると……嬉しいです……」

「恋人ごっこって。なんでまた」

「……楽しいから。蒼一朗と、しゅき～とか言い合ってるときが、あたしは一番楽しい」

そりゃもちろん俺も、あれはすごく楽しかったけど。

「……深紅はそれで、幸せなのか？」

「……これ以上になく、幸せだよ」

あんなままごとは、もういい加減卒業しなきゃいけないだろ。

それでもまだ続けたいなんて言われたら……俺は都合のいいように解釈したくなる。

やっぱり深紅も本当は俺のことが好きで、だから嘘でも恋人をやりたいんじゃないかって。

本当はこいつも、俺と兄妹以上の関係を望んでるんじゃないのかって。

俺だって叶うなら……もう深紅と恋人になりたいよ。名実ともにセフレと同等の関係になってしまった今なら、余計にそう思う。

ちゃんと気持ちを通わせて、もう一度あの最低な夜をやり直したいよ。上書きしたいよ。

前に深紅は言った。自分のことは絶対に好きになるなって。俺に好きになられることが一番怖いって。

言葉どおりに受け取ると、深紅は俺との恋愛関係を望んでないってことだけど。

でもそれは『好き』がきっかけで関係が壊れる可能性を、恐れているだけだとしたら。

「なあ……俺はなにがあっても、深紅とはずっと一緒にいたいと思ってるよ」

「え？　う、うん。そりゃあたしも、そうありたいと思ってるけど……な、なに急に？」

正直、これが正解なのかどうかは、まだわからないけれど。

あの夜があって、久しぶりに深紅と話ができた今、俺はとてもすんなりと。

決意が固まった。

――今日、深紅に告白する。

こいつは今までどおり、ただの遊びで恋人ごっこがやりたいだけなのかもしれない。だから俺の想い（おも）は届かないかもしれない。

だけど。

たとえ俺がフラれたとしても。

たとえ俺たちが無事に恋人になって、もしどこかで別れてしまったとしても。

俺は決して離れない。深紅とずっと一緒にいる。

もちろんそのときは多少の気まずさもあるだろうし、今までとまったく同じ温度感でいられるかどうかは、まだわからないけれど――それでも俺は、なにがあっても一緒にいる。

「今日学校が終わったあと、なんか予定あるか？」

「え、ええと……演劇のワークショップが二時間くらい、あるけど……」

「そっか。じゃあ今日の夜、改めて話ができないか？　深紅に伝えたいことがあるんだ」

「い、いいけど……伝えたいことって、なんだろう。なんかちょっと、怖いな……」

……俺だって、怖いよ。

物心がつく前から続いてきたこの関係に、なんらかの変化が起きることが、とても怖い。

思えば俺は、いつから深紅が好きだったんだろう。きっかけはなんだったんだろう。

わからないけれど、気がついたときには、もう好きだった。その想いはずっと伏せておくつもりだったのに、もう抑えきれそうにないからこそ、今夜決着をつけたいと思った。

本当の気持ちを伝えたら、今の関係を永久に失うかもしれない恐怖感。それでも手を伸ばせと囁いてくる貪欲な怪物が、もう俺のなかで目を覚ましていたから。

そしてその怪物こそが。

嘘偽りない恋心だと、知ってしまったから。

「部屋の作りは全部同じな？　どの部屋もテレビとベッドは備え付けであるから」

「わ、すごい広いんですね～」

私は学校帰りに、シェアハウスの内見に来ていた。

彩人さんや蒼一朗さんからは、しつこく引っ越してこいって言われていたし、私もやっぱりあの幸せ家族ごっこの実家にはいたくなかったから。

……ま、このシェアハウスだって、家族ごっこみたいなものですけど。

だけど不思議と私は、ここの人たちとなら家族ごっこをしてもいいと思えていた。

もしかしたら本当に、蒼一朗さんと前にやった兄妹ごっこが楽しかったから——って、そんなわけありませんね。うん、それは気のせい。

　その蒼一朗さんは今日、一人で美術部に行っていて、まだ学校から帰ってきていない。

　深紅ちゃんも地域の演劇ワークショップに行っているから、今このシェアハウスにいるのは私と彩人さんの二人だけだった。

「四号室が蒼一朗の部屋で、八号室が深紅の部屋な。あと一号室は、いま海外に行ってる紫穂の部屋。そこ以外なら、どの部屋を使ってもいいぞ」

「彩人さんの部屋はどこなんです？」

「俺は一階の元スタッフルームを自分の部屋に改装したんだ。ほらここ、元ペンションで」

「じゃあ彩人さんは、いつもそこで紫穂さんとイチャイチャしてるんですね～？」

「だっはっは！　そりゃあ俺たちは、真剣に愛し合ってるから……って、大人ジョーク言わせんな。ツッコミ役の蒼一朗がいねーと、ただのセクハラになっちまう」

　この人は紫穂さんの話をするとき、いつも『本当』の顔をする。

　冗談っぽく言ってるけど、嘘偽りない本物の顔。

　私は昔からずっと、彩人さんのその『本当』を間近で見てきた。

「今日は蒼一朗たちが帰ってきたら、前祝いをするからな。新しい家族の歓迎会ってことで」

　家族。兄妹。

　ふふ……まあ悪くないです。

蒼一朗さんたちと一緒にいたら、なんだか私も本当にそう思える気がする。

ちゃんと家族だって思うことができれば、私はやっとこの恋にピリオドを打てる。

私が引っ越しを決めた一番の理由は、きっとそれなんだろう。

「彩人さんも……私を家族として、迎えてくれますか？」

「当たり前だろ。これであと紫穂がいれば、全員揃っての歓迎会ができたんだけどな。あいつまだ日本に帰ってこれねーらしくて。俺ちゃん、いよいよ寂しさ爆発寸前」

あはは。恋人同士の二人は、本当に仲良しさんなんですね。羨ましい。

「紫穂とは昨日もビデオ通話でサシ飲みしたんだ。向こうも早く俺に会いたいとか言ってくれてよ。もう俺、にやけが止まんねーの。てか通話って切るタイミング難しいよな？　どっちもなかなか切らなくて、『早く切れよ紫穂～』、『彩人さんからおねが～い』の応酬になりがちなんだよな。だから昨日は新ルールを採用したわけよ。どんなのだと思う？」

「にゃはは～。そんなの私が知るわけないですよ～」

「おたがい相手の好きなとこを交互に言い合って、先に出なくなったほうから通話を切るってルール。でもこれ、やってみるとマジ終わんなくて！　気がつけばおたがいの好きなところを言い始めてから、なんと二時間も経ってんの。もう最後のほうなんて、『彩人さんの爪の白い部分が好き～』とか『俺は紫穂のドライヤーの当て方が好きだぜ？』とか、もうすげーどうでもいいことまで挙げ出してたな！　あとは俺の卵の割り方とか、紫穂の鉛筆削り——」

「にゃはは」

むかつくくらい、嘘（うそ）偽りない素敵（すてき）な笑顔です。

「紫穂が目薬を差すとき口が半開きになるところとか、俺の湿布（しっぷ）の貼（は）り方とかも——」

本当に……むかつくくらい——……。

内見（ないけん）を終えたあと、私は勝手にその部屋で待っていた。

やがて部屋の主人が部活を終えて帰ってくる。

「あれ？　なんで黄純が俺の部屋にいんの？」

ドアを開けてきょとんとしているのは、もちろん蒼一朗さん。

「あなたを待っていたに決まってます。いちいち聞くとか、アホですか」

「そっか。今日は内見に来てたんだよな。もう何号室に入るか決めた？」

蒼一朗さんは勝手に部屋に入っていた私を咎（とが）めたりせず、満面の笑顔を向けてきた。

それだけ私が引っ越してくることを、喜んでくれているんだと思う。

でもそんなの、もうどうだっていい。

「ところで蒼一朗さん……恋愛感情って、本当に鬱陶（うっとう）しいと思いませんか」

ベッドに腰掛（こしか）けていた私は、立ち上がって彼の手を取る。

「なにが——いたっ」

蒼一朗さんの手を強く強く、握りしめる。

ぎりぎりと、ぎりぎりと。

「忘れたくても、忘れられない。諦めようとしても、諦められない……別に振り向いてほしいわけじゃないんです。私は私以外の女に恋をしているあの人の、『本当』の顔が好きだから。でも恋というのは難儀なことに……やっぱり見ていると、イライラするんですよ」

「なんの話だよ……てか、手、マジ痛いから」

「ちゃんと家族として見ていこうとしました。きっともう大丈夫だと思いました。だけどこの感情は、そう簡単に割り切れるものじゃなかった。自制が効かなくて、逃げられなくて……ほんと怪物みたいです。そいつを制御できるほど、私はまだ大人になりきれていなかった」

話していると目頭が熱くなってくる。

「私はただ、人を好きになっただけじゃないですか……それなのに、どうしてこんなに苦しまなきゃいけないんですか……大人になれば、こんなにも苦しまなくて済むんですか」

「ちょ、ほんとに手、痛いって黄純」

「もし私の目の前でイチャつかれでもしたら……私はきっと耐えられない。私の心に巣食っている怪物が、なにもかもブチ壊してしまいそうで、怖いんです。そうなる前に、こいつを抑えなきゃいけない……だから——」

私は、はっきりと告げる。

「だから蒼一朗さんで、性欲だけ発散させてください」

「な、なに言って」

「私が蒼一朗さんに、性的な目を向けてるって話、覚えてますよね」

だってこの人は、好きでもない相手ともキスができる変態だから。

そして私も、同類の変態だった。

「というわけでお兄ちゃん！　黄純の犬になって、なって！」

「…………は？」

「私、実家で犬を飼ってるんです。室内犬のイチロー。寂しいときや苦しいときは、いつもぺろぺろ舐めて癒してくれてました。ここでは蒼一朗さんが、私のイチローになってください」

「い、犬……？　なんで俺が」

「私が引っ越してきたら、ままごとをしてくれるって約束しましたよね？　私がご主人様で、あなたが犬。これはそういうままごと……『主従ごっこ』です」

「な、なんだよそれ。約束したのは兄妹ごっこだろ⁉」

「私はそんなのやりたいなんて、ひとことも言ってませんよね」

蒼一朗さんの体を思いっきり強く突き飛ばしてやる。

尻餅をついた彼の前で、私は片方だけストッキングを脱ぐと、その素足を差し伸ばす。

「舐めてください」

「ちょ、ちょっと待てって！　よくわからんけど、あれか？　失恋のショックを俺で埋めようとしてるのか？　でもそんなことしても」

「――黙れ」

私だってわかっている。

この痛みはなにかで補えるものじゃないってことくらい、わかっている。

でもお前にだけは言われたくない。

「そりゃあ、あなたはいいですよね……たとえ想いが届かなくても、口にさえ出さなければ、大好きな深紅ちゃんとずっとセフレみたいな関係でいられるんですから」

「…………っ⁉」

「わかってるんですよ私は……あなたはまだ、深紅ちゃんのことが好きなんでしょ」

蒼一朗さんは先日、「あれは恋じゃなかった」とか言ってたけど、私はもうその時点で嘘だと看破していた。

あのとき僅かに嘘笑いが出ていたから。

「どうせ深紅ちゃんとのままごとだって、今でもずっと続けてるんでしょ」

「そ、それは、その……」

「卑怯です。ずるいです。私なんて、あの人のセフレになることもできないのに……蒼一朗さんはままごとを盾に、深紅ちゃんとずっといかがわしいことをしてきた。たとえ嘘の関係だろうと、あなたは片想いしてる相手と自由に恋人をやって、自由に愛し合ってきたんですよ」

私にはそれがとても腹立たしくて、とても羨ましい。

「……そのとおりだよ」

蒼一朗さんは素直に認めた。

「しかも俺は……恋人ごっこをしていたら、いつの間にか深紅のことが好きになっていたわけじゃなくて……高校生になって深紅と再会した時点で、もうとっくに好きだったのかもしれない」

「…………は？」

「自分でも本当に気づかなかったけど……俺は恋愛感情なんかないと自分に嘘をつきながら、深紅との恋人ごっこを、最初から薄汚れた気持ちで楽しんでいたのかもしれない」

……もし、そうだとしたら。

この人は最初から、彼氏持ちの女にずっと横恋慕をしていたことになる。それが恋人ごっこを受け入れた一番の理由になる。深紅ちゃんにはただのごっこ遊びだと偽りながら、自分だけは最初からずっと本気の愛を囁いて、キスをしていたことになる。

「そ、それが本当なら、あなたは、最低です……本物の、クズです……」

「…………そうだな。俺もそう思う」

なんて薄汚い恋。

なんて醜悪な恋。

でもそれこそが本当の『恋』かもしれないと、私は思った。

恋はきっと、いつだって身勝手で自己中心的。決してキラキラした綺麗なものじゃない。色で表現するなら、たぶん漆黒。理性も倫理観もぐちゃぐちゃに塗り潰す闇の色。

そして蒼一朗さんは、恋の黒さから目を背けていなかった。

自分の黒い部分を素直に認めた。

彼の罪はとても人間らしく、そして彼があまりにも正直者だから——私はとても興奮する。

「……あなたがいくらクズだろうと、私だけはあなたを否定しません。だって私にはわかるから。嘘でもいいから、好きな人と恋人でありたいと願う気持ち。嘘の関係に身を委ねたくなる弱さ。私だけは、あなたを理解してあげられる。だから私と二人で、罪を背負いませんか。たとえ世間から後ろ指を差されようと、私たちなら、おたがいを許しあえる」

私は蒼一朗さんの両手を強く押さえつけて、
自分の唇を、ゆっくりと寄せていく。

「ま、待て黄純。それは駄目だ。俺は今日、深紅に告」

蒼一朗さんの言葉なんか全部無視して――――。


私は生まれて初めて、キスを経験した。

好きでもない男と、初めてのキスをした。


「～～～～～～～っ⁉」


電流のような衝撃が、私の芯を貫く。

悪寒と火照りが同時に湧いて、私の全身を蹂躙していく。

ああ……こういうことか。

私はこのとき本当の意味で、好き同士じゃない男女でもキスができてしまう理由を知った。

その瞬間だけは、煩わしい現実がすべて淫靡な幻想に食い尽くされる。

ただの性欲に身を任せて唇を交わすことは、それほどまでに甘美で、あまりにも強烈に。

キモチよかった。


蒼一朗さんがどれだけ抵抗しようと、もう全身に毒が回っていた私は。


「やめろ黄純」

「返事はワンでしょ。これはままごと。あなたは犬で、私がご主人様の、主従ごっこです」


キスをする。

「本当にだめだって。俺はもう本気で深紅が」

「私にも本気で好きな人がいます」

キスをする。

「こんなの最低だよ。俺も黄純も、最低だ」

「そうですね。本当に最低です」

好きな人がいるのに、別の相手とキスをする。

叶わぬ恋の痛みを埋めるために、キスをする。

確かに最低なことだと思う。

だけど恋には、人をおかしくさせる猛毒が間違いなく存在する。

恋のせいで人はときに攻撃的になり、懐疑的になり、周りを騙して、嘘をつく。

そこまで人間を駄目にするものなのに、決して抗えない魔性が、恋にはある。

本当に好きなのに、好きで好きで仕方がないのに、どうしてこの恋は叶わないと嘆き。

苦しくて、泣き出しそうで、押し潰されそうで、世の中のすべてが鬱陶しくなって。

ほんの少しでいいから、身も心も解放されたいと願って。

一時の幻想に逃げ込もうとする。

「……もうこのまま、セックスしちゃいませんか」

まだ子どもの私たちには手に負えない、途轍もなく巨大な闇の情念。

それが本物の『恋』だと、私は識った。

◇

「……もうこのまま、セックスしちゃいませんか」

なにが起きているのか、わからなかった。

わけもわからず、俺は自分の部屋で黄純にキスをされて。

その黄純は今、とても近い距離から俺を見つめている。

俺は今夜、深紅に告白すると決めていたのに、本当になにをやってるんだろう。

「うぷ……っ、え……」

自分自身への凄まじい嫌悪感が吐き気となり、咄嗟に黄純を突き飛ばす。

恐ろしいオンナの誘いから逃げるように、部屋を飛び出す。

そこで心臓が止まりそうになった。吐き気が一瞬で霧散してしまうほどに。

廊下に深紅がいた。

俺の部屋のすぐ目の前に、突っ立っていた。

「か、帰ってたのか」

「うん」

俺は今日、深紅が帰ってきたら、正直な気持ちを伝えるつもりだった。

でもこんな俺に、今さらその資格は……あるのか？

「あ、深紅ちゃん。おかえりなさい」

俺に続いて、黄純も部屋から出てきた。呆れるほどの自然体で。

「二人でなにしてたの？　蒼一朗の部屋で」

深紅は感情の読めない真顔で、そう尋ねてくる。

「え、えと……黄純に俺の部屋を、見せてただけ……」

「──────────────────嘘つき」


心臓をそっと摑まれたような声だった。

「いつも言われてるから、今日はノック、したの。でも出てこなかったよね？　むしろ気づかなかったよね？　本当のこと言って？　部屋でなにしてたの？」

「そうですよ蒼一朗さん。なんで深紅ちゃんに嘘つくんですか。本当のこと言えばいいのに」

嘘が嫌いだと豪語する黄純は、純然たる真実を深紅に告げる。

「ままごとをしていただけですよ。私たち」

それは真実だけど、とても都合のいい言葉。

そして深紅は――安堵の息だった。

「な～んだ。ままごとで遊んでただけか」

「はい。誓ってそれ以上でも以下でもありません」

「なんかこそこそしてるからさ、あたしの知らないところで、二人は付き合ってたりするのかな～とか思っちゃった。この間もなんか、デートっぽい空気で仲良く下校してたしな？」

「いやそれ二百パーセントありえませんから。あ、そうだ。次は深紅ちゃんも一緒に、三人でままごとやりません？　なんか面白い設定を考えときますよ」

「うん。やろやろ。三人でとかやったことないし。あ、でも兄妹ごっこ以外でな？」

「わかってますよ。深紅ちゃんたちは本物の兄妹、ですもんね？　くふふ……」

黄純は俺を見て不気味に嗤うと、先に一階に下りていった。

その場には俺と深紅だけが残される。

黄純とキスをしてしまった罪悪感から、もう深紅の顔をまともに見ることができない。かといって立ち去ることもできない。どうすればいいのか本当にわからない。

「ところで……黄純とやってたのは、ただの平凡なままごと？　どんな設定？　何ごっこ？」

「それは、その、ええと……」

「ま、なんでもいいんだけどね。ままごとはあくまで、ままごとだし」

ふう、と短く息を吐いた深紅が、両手で俺の手をぎゅっと握ってきた。

痛みを感じるほど、やけに強い力で握りしめてくる。

もしかして深紅は、怒ってる……？

部屋で黄純と怪しいままごとをしていた俺に、嫉妬してるとか……？

「それにさ。仮にあんたが黄純と付き合うなら付き合うでも、あたしは全然いいんだぞ？」

恐る恐る顔を上げて、俺は深紅を見た。

「そのときはあたしと不倫ごっこしよ？」

——ああ。

この顔を見たら、もうわかってしまう。

「あたしたちは兄妹。家族。ずっと一緒」

やっぱり俺の気持ちは、永久に届かないんだなって。

「あんたとは一生兄妹のままで、ずっと嘘のままごとができたら、あたしは一番幸せ」

深紅の顔には、怒りや嫉妬なんて微塵もなく。

嘘偽りない、本心からの表情で。

心の底から無邪気に、幸せそうに――笑っていたんだ。


「……そうだな。またままごと、しような」

子どもの恋愛は純粋ゆえに、淫靡で残酷。

最近どこかで聞いたセリフ。

残酷……なのかな？

もうよくわからなかった。


「あとで恋人ごっこしようね。今日もいっぱい愛してあげるから」

それはきっと男にとって、とても都合のいい女の発言。

煩わしい現実もすべて忘れてしまうほどの、甘い甘い猛毒の囁き。

その場限りのラクな嘘の関係に、俺たちはどんどん堕ちていく。

蕩けるような優しい嘘の泥濘に、二人で手を繋いで一緒に溺れていく。

歪なメルヘンの悪夢は、まだ終わらない。


「おーい、そろそろ新しい家族の歓迎会、始めるぞ～？」

階下からアヤ兄の、夢か現実かわからない声がする。

あとがき

ここまでお読みいただいた皆様へ。

姫芭蕉深紅の物語がアンロックされました。二巻からは深紅の視点が追加され、彼女の物語をお楽しみいただくことができます。


と、ゲームっぽいナレーションを入れたところで、こんにちは真代屋秀晃です。

一年ぶりの新作です。なんと幼なじみです！　しかも義兄妹です！　海とシェアハウスで、高校一年生のドキドキ同居生活で、甘々のイチャラブ……はあくまで、ままごとですが。

いかがだったでしょうか。今回もまた思春期の子どもたちのちょっぴり歪んだラブコメとなりましたが、楽しんでいただけたでしょうか。

本作は遊びの関係だった相手に本気の恋をしちゃったらどうなるか、という少しアダルトな題材を真面目にポップに、一部リアルに扱ったお話です。世の中にもいますよね。割り切った関係だったはずなのに、片方だけが本気になってしまい、気持ちを伝えられないまま都合のいい関係を続けちゃう……そんなどこにでもいそうな男女に、本物じゃないけど本物の兄妹愛とかをミックスした恋物語でした。
冒頭でクラスの加藤くんは「望んだときだけ恋人になってくれる都合のいい彼女が欲しい」

と言います。蒼一朗と深紅はまさにそういう関係から始まるわけですが、都合のいい彼女とは大抵、自分も都合のいい彼氏になるわけで、片方が本気になってしまえばもう大変なのです。

おかげで蒼一朗くんは途中、気持ちが届かず伝えられず、泣き喚いちゃいます。ラブコメの男主人公のこんなシーン、なかなか見られるものじゃないですよね。すまん蒼一朗。でも深紅もキミのことを大切に思っているのは確かだぞ。作者が言うんだから『嘘』じゃない。それが恋愛なのか、兄妹愛なのか、それとも別のナニかなのかは、キミが気づいてくれ。

そんな題材なので、これ本当にラノベでやっていい話かと大いに悩みました。でもこの関係でしか表現できない男女の機微や恋模様が描きたくて、批判覚悟で思い切ってやりました。どうかこれに懲りず、今後も蒼一朗くんたちの奇妙な愛のメルヘン＋ひとつ屋根の下の仲良し家族モノ（いやほんとに）としても楽しんでいただければ、彼らも泣いて喜びます。

ではここで謝辞を。一度提出した原稿を「やっぱり全部書き直しさせて」と僕のわがままで急に引っ込めたにもかかわらず、ブッダのごとき笑みで許してくださった担当編集の阿南様。いつもご迷惑をおかけしてすいません。反省してます。だからお酒飲ませてください。

千種みのり様。素敵なイラストをありがとうございます。このような歪な物語ですが、先生のおかげで各キャラに命が吹き込まれました。本当に感謝しております。

そして星の数ほどあるラノベの中から本作を見つけてくださった皆様に、最大の感謝です。是非また二巻でお会いしましょう！

——でもあとがきはまだ続くんですよね。

不思議なことに、紙版ではここであとがき3ページ目に突入です。最初2ページ分で用意していたんですけど、まだページが余ってると言われたので、もう少し書いちゃいます。

ベタに本作が生まれた経緯の話でもします。前作の主人公は、ヒロインから凶悪な恋心をぶつけられた結果、自分もいけない恋をしてしまうという話だったので、次は主人公のほうからいけない相手にいけない恋心を抱いてしまう話でいこうと思ってました。

で、試行錯誤した結果、訳あって「好き」とか「付き合って」が言えないまま、都合のいい関係を続けちゃう人、または叶わない恋の痛みを埋めるために体の関係を求めちゃう人、といった少し不健全な恋、嘘や建て前を扱う、弱くてずるい恋物語になりました。

ただそんな題材でもなるべくポップにしたかったので、セフレ同然のことをやってるけど、昔から仲良し兄妹だった本人たちにとっては「あくまで、ままごと」としました。

担当氏もびっくりしたと思います。なにしろ「端的に言えば、セフレに本気で恋しちゃう話です」と伝えたあと、高一でまだままごと遊びをやってる妙な人たちのプロットを提出したわけですからね。宇宙一しゅき〜とか言ってるし。担当氏の「ん？　なんか思ってたのと違う」と混乱された顔が目に浮かびます。アホな設定ですいません。

ままごと＝シチュエーションプレイなので、次も新しい「ごっこ遊び」プレイが出る予定です。黄純の犬ごっことか。もはやド変態ですけど、本作は間違いなく巨大な愛の話なので！

前述のように蒼一朗くんは途中でハートが砕けて泣き喚いたり、勢いで関係をもってしまった女子にまさかの「後悔してる」発言をブチかまして泣かせちゃったりと、通常ラブコメではあまり見かけないきついシーンもあるかもですが、これも思春期の青春ということで……。

そして深紅視点解禁は本当です。深紅の言う十字架とか、そもそも何を考えているのかなどをやっと描けそうです。この巻にもふんわりとは忍ばせているんですが、そこを明確にしないまま話を進める構成は、僕自身とても勇気が必要でした。深紅は深紅で複雑な矛盾を抱えております。どうか嫌いにならないであげてくださいね？

と、そろそろページが埋まりそうです。

今回作中には、小劇場演劇とかあまり聞きなれないかもしれない単語を含め、画家の名前等の小ネタがちらほら出てきます。本筋に関係ないので説明は省きましたが、僕のXアカウントでそのあたりをチラッと解説しようと思ってます。よかったら覗きにきてください。

それでは今度こそ。最後まで駄文にお付き合いくださり、本当にありがとうございました！

追記……前作の『友達の後ろで君とこっそり手を繋ぐ。誰にも言えない恋をする。』も本作同様、思春期の子どもたちの歪んだ危ないラブコメです。全三巻で狙い通りのハッピーエンドに辿り着いていますので、お買い求めいただけたらとっても嬉しいです（多少ショッキングなシーンもございます。ご注意ください）。

三月十一日　ヨルシカ大好き真代屋秀晃

◉真代屋秀晃著作リスト

「韻が織り成す召喚魔法1〜3」（電撃文庫）
「レベル1落第英雄の異世界攻略Ⅰ〜Ⅲ」（同）
「転職アサシンさん、闇ギルドへようこそ！1〜3」（同）
「誰でもなれる！ラノベ主人公 〜オマエそれ大阪でも同じこと言えんの？〜」（同）
「まさか勇者が可愛すぎて倒せないっていうんですか？」（同）
「異世界帰りの俺（チートスキル保持）、ジャンル違いな超常バトルに巻き込まれたけれどワンパンで片付けて無事青春をおくりたい。1〜2」（同）
「ウザ絡みギャルの居候が俺の部屋から出ていかない。①〜②」（同）
「友達の後ろで君とこっそり手を繋ぐ。誰にも言えない恋をする。1〜3」（同）
「これはあくまで、ままごとだから。」（同）

本書に対するご意見、ご感想をお寄せください。

ファンレターあて先
〒102-8177　東京都千代田区富士見2-13-3
電撃文庫編集部
「真代屋秀晃先生」係
「千種みのり先生」係

本書は書き下ろしです。

電撃文庫

これはあくまで、ままごとだから。

真代屋秀晃（ましろや ひであき）

2024年４月10日　初版発行

発行者　山下直久
発行　株式会社KADOKAWA
〒102-8177　東京都千代田区富士見2-13-3
0570-002-301（ナビダイヤル）
装丁者　荻窪裕司（META＋MANIERA）
印刷　株式会社暁印刷
製本　株式会社暁印刷

ISBN978-4-04-915385-9　C0193　Printed in Japan

電撃文庫　https://dengekibunko.jp/

電撃文庫DIGEST　4月の新刊

発売日2024年4月10日

第30回電撃小説大賞《選考委員奨励賞》受賞作
新作 **汝、わが騎士として**
著／畑リンタロウ　イラスト／火ノ
地方貴族の末子ホーリーを亡命させる——それが情報師ツシマ・リンドウに課せられた仕事。その旅路は、数多の陰謀と強敵が渦巻く過酷な路。取引関係の二人がいつしか誓いを交わす時、全ての絶望は消え失せる——！

声優ラジオのウラオモテ
#10 夕陽とやすみは認められたい？
著／二月 公　イラスト／さばみぞれ
「佐藤。泊めて」母に一人暮らしを反対され家出してきた千佳は、同じく母親と不和を抱えるミントを助けることに。声優を見下す大女優に立ち向かう千佳だったが、由美子は歪な親子関係の『真実』に気づいていて——？

声優ラジオのウラオモテ
DJCD
著／二月 公　イラスト／巻本梅実
キャラクターデザイン／さばみぞれ
由美子や千佳といったメインキャラも、いままであまりスポットライトが当たってこなかったあのキャラも……。『声優ラジオのウラオモテ』のキャラクターたちのウラ話を描く、スピンオフ作品！

新説 狼と香辛料
狼と羊皮紙Ⅹ
著／支倉凍砂　イラスト／文倉 十
公会議に向け、選帝侯攻略を画策するコル。だが彼の許に羊の化身・イレニアが投獄されたと報せが届く。姉と慕うイレニアを救おうと奮起するミューリ、どうやらイレニアは天文学者誘拐の罪に問われていて——。

創約　とある魔術の禁書目録(インデックス)⑩
著／鎌池和馬　イラスト／はいむらきよたか
アリス＝アナザーバイブルは再び復活し、それを目撃したインデックスは捕縛された。しかし、上条にとって二人はどちらも大切な人。味方も敵も関係ない。お前たち、俺が二人とも救ってみせる——！

男女の友情は成立する？（いや、しないっ!!）Flag 8.センパイがどうしてもってお願いするならいいですよ？
著／七菜なな　イラスト／Parum
「悠宇センパイ！　住み込みで修業に来ました!!」試練のクリスマスイブの翌朝。悠宇を訪ねて夏目家へやって来たのは、自称〝you〟の一番弟子な中学生。先の文化祭で出会った布アクセクリエイターの芽衣で——。

悪役御曹司の勘違い聖者生活3
～二度目の人生はやりたい放題したいだけなのに～
著／木の芽　イラスト／へりがる
長期の夏季休暇を迎え里帰りするオウガたち。海と水着を堪能する一方、フローネの手先であるアンドラウス侯爵に探りを入れる。その矢先、従者のアリスが手紙を残しオウガの元を去ってしまい……第三幕《我が剣編》！

あした、裸足でこい。5
著／岬 鷺宮　イラスト／Hiten
あれほど強く望んだ未来で、なぜか『彼女』だけがいない。誰もが笑顔でいられる結末を目指して。巡と二斗は、最後のタイムリープに飛び込んでいく。シリーズ完結！　駆け抜けたやり直しの果てに待つものは——。

僕を振った教え子が、1週間ごとにデレてくるラブコメ2
著／田口一　イラスト／ゆがー
志望校合格を目指すひなたは、家庭教師・瑛登の指導で成績が上がり、合格も目前！？　……だけど、受験が終わったら二人の関係はどうなっちゃうんだろう。実は不器用なラブコメ、受験本番な第二巻！

新作 **凡人転生の努力無双**
～赤ちゃんの頃から努力してたらいつのまにか日本の未来を背負ってました～
著／シクラメン　イラスト／夕薙
通り魔に刺されて転生した先は、〝魔〟が存在する日本。しかも、〝祓魔師〟の一族だった！　死にたくないので魔法の練習をしていたら……いつのまにか最強に!?　規格外の力で魔を打ち倒す、痛快ファンタジー！

新作 **吸血令嬢は魔刀(おれ)を手に取る**
著／小林湖底　イラスト／azuタロウ
落ちこぼれの「ナイトログ」夜凪ノアの力で「夜煌刀」となった古刀逸夜。二人はナイトログ同士の争い「六花戦争」に身を投じてゆく——！！

新作 **裏ギャルちゃんのアドバイスは100%当たる**
「だって君の好きな聖女様、私のことだからね」
著／急川回レ　イラスト／なたーしゃ
朝の電車で見かける他校の〝聖女様〟・表川結衣に憧れるいたって平凡な高校生・土屋文太。そんな彼に結衣はギャルに変装した姿で声をかけて……！？〝（本人の）100%当たるアドバイス〟でオタクくんと急接近！？

新作 **これはあくまで、ままごとだから。**
著／真代屋秀晃　イラスト／千種みのり
「久々に恋人ごっこしてみたくならん？」「お、懐かしいな。やろうやろう」幼なじみと始めた他愛のないごっこ遊び。最初はただ楽しくバカップルを演じるだけだった。だけどそれは徐々に過激さを増していき——。

レプリカだって、恋をする。
Even a replica falls in love
榛名丼
［イラスト］
raemz
16歳、夏。はじめての、青春。
愛川素直という少女の
身代わりとして働く
分身体（レプリカ）、それが私。
本体のために生きるのが
使命……なのに、
恋をしてしまったんだ。
海沿いの街で
巻き起こる
ちょっぴり不思議な
青春ラブストーリー。
応募総数
4,128作品の
頂点
第29回
電撃小説大賞
大賞
受賞作
電撃文庫

悪徳の迷宮都市を舞台に
一人のヒモとその飼い主の生き様を描く
衝撃の異世界ノワール